444号家具店

FURNITURE SHOP 444

烟二 著

SPM
南方出版传媒
广东人民出版社
·广州·

图书在版编目(CIP)数据

444号家具店 / 烟二著. —广州:广东人民出版社,2019.8
ISBN 978-7-218-13644-8

Ⅰ.①4… Ⅱ.①烟… Ⅲ.①推理小说—中国—当代
Ⅳ.①I247.5

中国版本图书馆CIP数据核字（2019）第120174号

444 HAO JIAJU DIAN
444号家具店

烟二 著

版权所有 翻印必究

出 版 人：肖风华
策 划 方：时光机图书工作室
责任编辑：钱飞遥 张 颖 郭慧芳
出 品 方：StoryBook故事平台
责任技编：周 杰 吴彦斌
出版发行：广东人民出版社
地　　址：广东省广州市海珠区新港西路204号2号楼（邮政编码：510300）
电　　话：（020）85716809（总编室）
传　　真：（020）85716872
网　　址：http://www.gdpph.com
印　　刷：广州市浩诚印刷有限公司
开　　本：890毫米×1240毫米　1/32
印　　张：7.25　　字　　数：200千
版　　次：2019年8月第1版　2019年8月第1次印刷
定　　价：39.80元

如发现印装质量问题，影响阅读，请与出版社（020-85716808）联系调换。
售书热线：（020）85716826

目 录

引子　　　　　　　　　　　　　　　　　　　　1
红豆杉木碗·别吃坟前的食物　　　　　　　　　3
木八音·消失的井泉童子　　　　　　　　　　　25
拔步床·永远停在十八层的电梯　　　　　　　　42
美人榻·她有一张日抛脸　　　　　　　　　　　63
八仙桌·怪胎的最后一通电话　　　　　　　　　81
樟木箱·跳广场舞的红婆婆　　　　　　　　　　102
圈椅·不断被偷走的人生　　　　　　　　　　　120
紫檀手串·人形貔貅的秘密　　　　　　　　　　137
五斗柜·抽屉里的第五双眼睛　　　　　　　　　155
檀木梳·头发疯长的女孩　　　　　　　　　　　172
翘头案·今天也别尿裤子，好吗　　　　　　　　189
桃木剑·谁从梦中来　　　　　　　　　　　　　207
尾声　　　　　　　　　　　　　　　　　　　　224

〃 引子 〃

像每个旅游城市一样,惑城,也有一条老街。

老街很老,按照名字推断,或许老得能追溯到盘古开天地的时候……

毕竟,它叫盘古街。

盘古街两侧的仿古建筑半新不旧,也没有扎眼的广告牌匾破坏意境,乍一看,确实有那么一丝古韵。顺着脚下石板路随意一拐,就是一条胡同或者暗巷,让人有种恍如隔世的错觉。

既是景点,就不会缺少游客。

然而即便是旅游旺季,整条长街上人声鼎沸,熙熙攘攘,444号店铺里也依然是门可罗雀。

那是一家中式家具店,位置尴尬,户型也尴尬,就好像是在本来什么都没有的地方,硬生生撕裂时空,塞进一幢古色古香的小楼。游客们将这里当做拍照景点,纷纷驻足,也有闲来无事者跑进去瞧看一眼,都会被店里的商品标价吓到咋舌,又灰头土脸退出来,叹一句:这家店,早晚得关门大吉。

对于不温不火的生意,年轻的家具店老板似乎并不怎么在意。在绝大多数的营业时间里,他都只是戴着副耳机,优哉游哉地打游戏,时而撸一撸团在他腿上呼呼大睡的那只黑猫。店里的木质家具冷冷清清地立在那里,散发着木头特有的香气,好似要将走进这里的人,拉扯回一段又一段的旧时记忆中。

脚步声由远及近,被惊醒的黑猫不快地叫唤了一声,淡金色的眸子里写满了凶狠。

男人终于舍得从电脑屏幕前抬起脸——他笑了笑,清亮的眸子弯成好看的弧度。

"唔,现在不行。"

"你问我为什么……"

"因为,要等到午夜十二点之后,444号家具店才算正式营业呢。"

红豆杉木碗·别吃坟前的食物

清明前后的城郊墓园里,连空气里都带着瘆人的味道。墓园角落里的那座新坟前堆放着鲜花和玩具,给灰蒙蒙的画面增添了一些色彩。那是一座孩子的坟,墓碑上刻着一首父母写给他的小诗,希望他来生过得安好。坟墓周围的杂草已经清整妥帖,齐齐整整摆放在地上的施食还散发着热气。

在没有人的间隙,一只瘦骨嶙峋的手从墓碑后探了出来,将捏成白兔形状的糕团偷偷拿走。一个外貌不过六七岁的男孩瑟缩在那块石板背面,拼命地将偷来的糕团往嘴里塞。

他穿着件明显不合身的旧运动服,一双乌溜溜的眼睛不停打量周围,似乎害怕被其他人发现。彼时,男孩的心中诸多疑问:为什么?为什么这些死掉的孩子,还能吃上可口、精致的食物呢?而他,一个活生生的人,却只能吃不锈钢饭盒里的隔夜饭菜……凭什么?凭什么啊!

墓园里的阴风,像是唤醒了许多沉睡的人。

很快,"他们"便在他的周围小声议论起来。

"哎,真可怜,同样都是小孩子,为什么他们能吃上糕团和水果,你却只能吃烂糟糟的剩饭?"

"吃吧!把那些全都吃掉!能吃多少,就吃多少!反正,那些坟前的食物是不会有人来吃的!"

"看,他的坟前还有大人们特意送来的糖果呢!可你呢,你爸爸给你买过糖果吗?算了,别指望他了,趁没人发现之前,快把那些食物吃下去吧!拼命吃!吃进肚子里,就全是你的了!"

他们摇着头,指指点点。

他们叹着气,怅然惋惜。

一股从内心深处翻涌而出的痛苦被无限放大,化作填不满的食欲,缓缓地、缓缓地将男孩所有的理智吞噬。

天气不错,对于盘古街上的商贩来说,又是个赚钱的好日子。

售卖海棠糕的小摊边围着不少游客,不过,买糕点的人没几个,大多是过来瞧热闹的。只见一个身材发福的男人狼吞虎咽地啃着手里的糕团,两瓣肥厚的嘴唇被猪油一润,油光发亮。他全然不在意周围或惊讶、或嫌弃的眼神,嘴里的食物还没咽下去,就嚷嚷着再来十块。

做糕团的师傅以为自己听错了,又问了一遍:多少?

"十块。"

"行,那我帮你打包……"

"不用,我马上吃。"

"好……好的!小伙子,你胃口可真是好,有福气啊……"

听到这样的"称赞",名叫孔正的男人忍不住翻白眼:有福气个屁,晦气还差不多!

时间一分一秒过去,看热闹的人不减反增,周围很快响起各种猜测和议论:有人说这是盘古街在办"大胃王"比赛,有人说是商家策划的广告,也有人说那男人就是在博眼球,指不定是想"一吃成名",当网络红人。孔正没空搭理他们,他足足吃完了二十七块海棠糕,才挺着圆鼓鼓的肚子离开了摊位,没走几步,就扶着墙壁呕吐起来。他想,今天真的是吃到极限了。

"要喝水吗?"

一个温吞的男声在身后响起,拧开瓶盖的矿泉水递到他的面前。

孔正顾不上太多,立刻接过来喝下大半瓶,感激地冲那位好心人点了点头。他这时才看清楚,好心人看上去不过二十出头,五官精致,眼神清澈,一副和善面相。要不是看他脚上趿着双廉价的皮凉拖,手里还拎着个伸出半截大葱的超市购物袋,孔正差点儿以为自己偶遇了某个明星。

"皮凉拖"冲他笑了一下:"要不要来我店里休息一下?"

"你的店?"

"嗯,就在这里。"

他这才发现,自己身边那座精致的两层仿古建筑外墙上挂着个木头牌匾,上面用黑墨写了四个大字:有家具店。孔正本想寻个借口婉拒,但肚子却在此时再度发出警告——他又饿了。年轻的家具店老板弯了下唇角,随手从购物袋里拿出五连包泡面冲他摇了摇,再度发出邀请。

这下,可没法拒绝了。

"对了,我姓杜,单名一个卿字。"

"清白的'清'，轻松的'轻'，还是……"

"有时醉里唤卿卿的'卿'。"

孔正想了想，又想了想，最后点点头，假装自己知道是哪个字了。

444号的店面不算小，满满当当摆放着各类中式家具，还有些小件木制品如手串、文玩之类搁放在玻璃台柜里，商品位置都很随意，显然没有花心思去布置。按他自己的说法，平日里售卖的大多是回收来的二手家具，也有少数新货和客人定制的物件，古董级货品自然也有，但一般的客人瞧看不出，他也懒得一一介绍，只等有缘人自行认领。

"杜老板，你这儿的光线不太好啊……不开灯吗？"

"商业用电。"

弦外之音就是：抠门有理，想让我大白天开灯？不存在的。

家具店最里面贴墙的位置上，立着只一人多高的中式衣柜。衣柜外观呈现出一种诡异的炭黑色，也不知是木料本来的颜色，还是上了漆；两扇木门上没有拉手，也没有雕刻任何花纹，远远望去，活像一口被立起来的棺材。这念头让孔正莫名有些寒意，他赶紧收回目光，不敢再多看一眼。

大概是位置不好的缘故，尽管今天是周末，店里也没有客人。杜卿用赠品塑料碗给客人泡好面，就回到曲尺柜台后敲起键盘。

孔正探头看了看，发现那家伙是忙着去登录游戏，心里不由唏嘘：生意人的日子过得真是悠哉又舒坦。不过，看那位杜老板年纪轻轻的，顶多大学刚毕业，居然能盘下间这么大的铺子，肯定是因为背后有个有钱的老子吧？打打游戏、混混日子，也不用管生意如何,反正,能和家里有个交代就行。

"唉!投胎真是门技术活。"孔正感叹。看看别人家的孩子,再看看自己,他觉得自己的人生就像是开启了地狱模式。而造成这一切的根本原因,就是那个所谓的"原生家庭":母亲身患重病,一直在老家养身体,除了做点农活维持生计,根本赚不到钱;而父亲作为家中的顶梁柱,在他上高中那年就去世了,除了欠下为母亲治病借的一屁股债,什么也没给儿子留下。

"凭什么,凭什么啊!"封存在内心深处的声音再一次响起,孔正更饿了。顾不上碗里的面有没有泡开,他端起塑料碗,连面带汤吃了个干净。一连五碗面下肚,又去厕所吐了一次,身材臃肿的男人缓过神来,尴尬地说自己又病犯了。

"病?"

"就是暴食症……之类的吧。"

说实话,孔正也说不准。

杜卿眼睛紧紧盯着电脑屏幕,手指飞快地在键盘上操作游戏,心不在焉地说着:"可孔先生的症状看上去并不像是暴食症,倒像是……应了这世间所谓的'因果循环'呢。"

"什么意思?"

"意思就是:你啊,怕是遭了报应——听过'饿死鬼投胎'这个说法吗?"

饿死鬼?投胎?听到这些字眼,孔正不由冷汗涔涔,浑身颤抖。

杜卿却敲了一下回车键,连眼皮都不抬:"哦,我随口瞎说的,你可千万别放在心上。"

若是往昔听到这般"找抽"的回答,孔正一定会立马翻脸,但是今天,他面对着那些冷冰冰、阴森森的木头家具,竟破天荒认为这位杜老板的话,很有几分道理。

约莫从一个月前开始,他时不时就会饿,如果不马上吃东西,浑身上下都疼得厉害;而他的饭量也变成之前的数十倍,不管面前放着多少食物,都能一口吃个精光。那感觉,就像是胃部破了一个大洞,怎么都填不满,等用大量的食物填补进去后,又撑得厉害,只能再将吃下去的东西吐出来。

吃了吐,吐了吃,吃了再吐,仿佛一个死循环。

刚开始,孔正以为自己得了某种暴食症,可去医院检查过好几次,结果总显示身体机能一切正常,他隐隐约约意识到,这可能不是靠医生就能解决的"病症"。

他今天来盘古街,是去拜访一位传说能包治百病的大师。这条白天阳气旺盛、夜里阴气纵横的老街上,住着不少有来头的人物,做活人生意的、做死人生意的、或者做半死不活人生意的,一应俱全。孔正揣着颗无比忐忑的心,向大师说明了自己的症状,大师围着他转了好几圈,又是抹香灰,又是洒鸡血,还说了不少玄乎的话,大意是:他是被不干净的东西缠上了,打针吃药医不好怪病,必须得依靠些非同寻常的法宝,才能将那个不干净的东西从他肚子里驱逐出去。

当一个人濒临绝望,又寻不出合理的解决方案时,往往容易相信那些莫须有的东西。

孔正听罢大师解惑,连连点头,捂着肚子问,到底要什么样的法宝才能救自己?大师捻着胡须,示意孔正稍安毋躁,自己手上正好有只上古神农氏用过的木碗——那只木碗汲取日月精华千万年,已有灵性,只要用碗盛放食物吃下去,立刻就能净化妖邪,最重要的是，这么一个可以世代相传的宝贝，现在双十一活动价，仅需八万元……

好在某人肚子糊涂，脑子却不糊涂。觉察到这位"大师"是个彻头彻尾的骗子后，孔正找了个借口开溜了。可大师的那番话，却被他牢牢记在心里：上了年纪的木头有灵性，如今，又听杜卿说起"因果报应"，便愈发觉得有道理。他忙不迭问，店里有没有木碗出售？碗越旧越好，木料越有年头越好……

见有生意，杜老板快步走到陈列架旁，在一堆杂物中翻找出一只小巧的木碗。他揪起T恤衫衣摆，将碗底灰尘擦拭干净，这才递到孔正面前："这只'红豆杉木碗'倒是在我手上有一段时间了，这种木头外红里艳，从落地到成木少说也要百年，真正算得上是样老古董了……孔先生若是中意，今晚十二点之后来店里提货。"

"午夜……十二点？"

"怎么？"

"太晚了吧？"

"这世上有好些东西，必须得避开阳光才能看得见；而有些地方，必须得过午夜后才能去得了。"杜卿似笑非笑，"再说这只木碗有灵性，能辟邪，还认主。孔先生想接它回家，自然需要点仪式感。"

虽然听出杜卿的话里有不少故弄玄虚的成分，但孔正还是对这只有灵性、能辟邪、又认主的木碗展露出极大兴趣，他吞了口口水，犹豫着问："夜里过来，你们不会打烊了吧？"

"不管多晚，盘古街444号总会为'有缘人'留一盏灯。"

那一声"有缘人"，被刻意加重了语气。

孔正还想问些什么，忽然感到有只软乎乎的生物擦着小腿而过,他吓得猛然后退一步,才发现是只黑猫,小兽用一双淡金色的竖瞳瞅着他,低低叫唤了一声。他心里揣着事,眼下草木皆兵,忙不迭避开骇人的黑猫,逃命似的离开了。

直到男人的身影消失在小径尽头,杜卿才瘫坐在花梨木躺椅上,开始专心研究起购物小票。

"五包泡面,三瓶饮料,还用了一只泡面碗——虽然是赠品,但好歹也是个新碗,我才收了他一百块,是不是亏了?"

"你居然会惦记着这点钱?"低沉的男声在他脚下响起,带着些许嘲讽的意味,"我怎么记得,当年的杜家少爷可是出手阔绰,一掷千金,动不动就要买下半条街……"

"你也说了,那都是'当年'的事。"杜卿苦笑着摇摇手里的购物小票,"如今的杜老板,只是个成天为生计奔波的落魄生意人而已,每个月扣掉房租水电和网费,自己都快养不活了,还要养只猫——莫换,你要是不努力干活的话,真的对不起我的养育之恩,知道了吗?"

他的话音刚落,一团黑影便从躺椅底下蹿上他的胸口。黑猫将目光锁定在"主人"身上,伸出锋利的爪子:"你说什么?"

面对凶器,杜卿立马垂着眉眼认怂,讨好似的在黑猫头上挠了几下:"我错了,不是你对不起我的养育之恩,是我……是我如果不好好赚钱养家,就对不起主子您的不杀之恩,这样可以了吗?"

靠嘴皮子吃饭的生意人,大多有种特殊技能:数落人时,能把对手气得肝火烧上天灵盖,让人回头咂摸许久,也想不出具有同等杀伤力的语句;哄人时,轻轻巧巧几句话,一个表情一个动作,就能让周围铺天盖地开出许多花,任谁有多少怒气,也都彻底消停了。

很显然，名为"莫换"的黑猫很吃这一套。

它收敛起杀气，转而提起别的话题："那胖子，晚上会过来吗？"

"没有人会拿自己的命开玩笑。"

"那也不见得——有些人，便不把自己的命当回事。"

黑猫歪着脑袋，若有所思地盯着他看了一会儿。

杜卿露出一个十分糊弄的笑容："是吗？真的……会有这样的人吗？"

这世上，总有些事是绝对的。

有果，便会有因。

无论时间流逝，或是空间转换，那只藏在黑暗中的箭矢，早已瞄准了目标。

正如杜卿所料，晚间十二点整，盘古街444号的门前便出现了一个臃肿的身影。

灯笼散发着青白色的光，像是在为来者引路。

"又是你啊。"

孔正看着跟在自己身后的黑猫，嫌弃地嘘了一声。

午夜时分，老旧古街，金瞳黑猫……再想到自己的怪病，男人浑身汗毛倒竖，赶紧一头栽进店里，没走几步又退回门口，抬头看了眼牌号——是444号没错，那店里的布置、摆设，为什么都已不是印象中那般？原本胡乱摆放的木制家具被挪了位置，规整有序，让整间店看起来如若一处考究的古宅，店里没有任何现代电器和装饰品，就连白天舍不得开的照明设备也都变作烛台和油灯，落地的鹤形香炉里燃着熏香，缭绕在人心间。

孔正瞪着眼睛，差点儿以为自己穿越了。

疑惑之际，身后响起一个冷冰冰的男声："快进去，别耽误时间。"

孔正惴惴不安地回头：是个身形修长挺拔的年轻男人，穿着身黑色束腰劲装，乍一看，倒是挺像古时候大户人家雇佣的打手。但他记得，自己进来时身后并没有跟着什么人，只有一只猫……孔正愣了愣，对上了男人那双淡金色的眸子，差点儿当场晕过去。

黑猫……变成了人？！

孔正终于意识到，这盘古街444号是个不得了的地方。

逃是逃不掉了，他只好硬着头皮继续往里走，终于在一扇巨大的屏风后，看见了坐在案几边悠哉喝茶的杜老板。虽说两人认识连二十四小时都不到，但此时此刻，此情此景，竟让他有种见到亲人的欣喜。只是，眼下杜卿没有穿白天那件T恤，而是一副古人打扮：裁剪合体的青纱长袍上隐隐浮现着银色的枝叶纹样，长发在脑后高高束成一缕，余下的则随意披散至后腰，浑身上下瞧不出一丝一毫现代气息。

"杜老板？你这儿……"

"不是在拍整蛊视频，也不是真人秀的录制现场，请不要多想。"

"那是……"

"是时空在这里，发生了一点错乱。"

这不是更让人多想吗？孔正想说的话，一时间都梗在了喉咙里。

也许是觉得没有解释的必要，也许是觉得解释了客人也听不明白，杜卿没有继续说下去，而是示意客人在案几边坐下，又招呼莫换倒了杯茶，这才将那只红豆杉木碗摆上案几："孔先生，想知道自己的病因吗？"

"我能说不想吗？你可别又和我说什么'饿死鬼投胎'，我怕这些。"脑海中浮现出狰狞的鬼怪影像，孔正像是抓着根救命稻草般将木碗捧在手里，声音发颤，"我、我就是来买这只碗……"

"木头又不是药，再有灵性，也抵消不了因果报应。"

"那依杜老板的意思，我该怎么做……杜老板、杜老板，你……还在听我说话吗？"

一杯热茶下肚，刚进店时的恐惧已经消退了大半，比起那个双十一还搞促销活动的"大师"，眼前这位神仙似的杜老板显然更靠谱一些，孔正并不后悔大半夜跑这一趟，甚至有些期待能从他口中听到些"建设性意见"。

在孔正的片刻放空时，刚刚还在一本正经"科普"的杜卿就不知神游去了何处。他皱着眉头，嘴里念念有词：为什么每次都要解释一遍，好烦啊，真的好烦啊，能不能弄个雕版印刷的宣传册放在店里，给午夜后过来的客人发个文字版……

看不下去的伙计闷声不响走到案几后，一拳捶在自家老板头顶上。

力道不重，杜卿却装模作样嗷了一嗓子，这才重新望向客人："在这世上，没有无缘无故的因果报应，想要知道为何会吞食恶果，就得找到何时种下了恶因——巧了，这些都是和木头有关的活计，444号家具店偶尔也接额外生意，孔先生若是有兴致，便随我过来吧。"

"这怎么看都是寺庙和道观的生意吧？怎么就和木头有关了呢？"

"我问你，果子长在哪里？"

"树、树上啊……"

"嗯，那不是和木头有关？我这家具店，也没胡乱揽活、扰乱市场啊。"

"可'因果'又不是果子，杜老板，你在和我玩文字游戏吗？"

"谁说'因果'就不能是长在树上的果子？"

杜卿丢给客人一个猜不透的微笑。

两人将孔正带到那只漆黑的巨型衣柜前。

这棺材似的衣柜倒是没挪地方，依然傲然矗立在店铺的最深处。

不等杜卿发话，莫换便闷声不响走过来，将右手贴在衣柜门上。也不知他暗地里使了什么神通，那两扇漆黑的柜门上竟缓缓铺展开诡异繁复的纹案，散发着绿色幽光，似一棵开枝散叶的树。和一般衣柜不同，两扇柜门并非是侧移门或者推拉门，而是可以同时向左右推开的怪异结构——如此看来，与其说那是个衣柜，倒不如说是一扇故意伪装成衣柜的"门"。

门开之后，是风扑面而来。

风中夹杂着浓郁的木头香气，吹了好一会儿才停下。

孔正睁开眼睛，下巴差点儿没掉在地上：谁能想到，那扇门竟通向一座雾气弥漫的森林？！可他分明记得，盘古街444号左右都有店面，怎么可能有空间种下这么多树？他忽然想起杜卿之前所说的，每天午夜十二点过后，盘古街444号的时空就会发生些许错乱。

"等、等一下……我就这么进去，没问题吗？"

"你若是留在外面，可就永远也治不好'病'了。"

听杜卿这么一说，孔正再不敢耽搁，忙跟着一黑一青两抹身影踏进衣柜。

被浓重的夜色所笼罩，整座森林像是一个毫无章法的迷宫，孔正打量着擦身而过的怪异树木，神色迷茫：有些尚且茂盛，树干散发出幽绿色的光泽，向四周舒展的树枝上，挂着流光溢彩的果实；有些则已经干枯，光秃秃地像个剪影，融在黑暗中。

他们在一棵树前停下脚步。

在这般距离下，孔正才看清楚，悬挂在树上每一枚果实中都有幻象在变动，像是制作精良的特效镜头，而那些一晃而过的场景，让他莫名有种熟悉感。

杜卿耐着性子向客人解释："这座森林名叫长生林，生长在这里的每一棵长生树，都代表着一个现世存在过的生命，眼前这棵就是你的长生树；而树上的果实，就是树主从小到大的记忆，好好看着它们，你所寻找的'因'，或许就在这些'果'中。"

"找、找到了又怎么样呢？"

"孔先生，不如，我们先谈谈报酬？"杜卿没有回答客人的问题，"我说的是，除了那只红豆杉木碗以外的报酬。"

"诶？"孔正有些紧张，"不会是要我的灵魂或者阳寿吧？还是心爱之人的……那个，说来惭愧，我还没有女朋友……"

"我要那些做什么？"

"但，小说里不都是这么写的么？"

"那些都是人类闲着没事干,坐在家里瞎编的,别信。"杜卿毫不吝啬地表示出嫌弃,又歌颂了一波自己的高风亮节,"和我做生意可用不着支付灵魂和寿命——只要你愿意,死后将长生树交给我们来处置便可。"

他说着,从袖笼里取出一张叠好的宣纸,展开后递到孔正面前。

那上面,有一枚用毛笔硬生生画出来的简易二维码:"要是孔先生同意的话,就先付账吧。"

杜卿做出"请便"的动作,却莫名给人一种压迫感。

也不知是因为对"报应"的恐惧,还是对杜卿的信赖,孔正没有犹豫,立马摸出手机扫码付钱。令人意想不到的是,在这种没有丝毫人气的地方,手机居然会有信号,还能连上一个叫做"全场酒水8.8折"的无线网络热点。

孔正咬咬牙,扫了二维码。

男人手臂上显现出一个看不出字体的"允"字,又很快嵌入皮肤,消失不见,而他的长生树树干上,出现了同样的"允"字标记。他有些失落,又不知自己是因何而失落,也许是因为自己的长生树转眼变成了别人的东西,也许是因为那只木碗的价格居然高达四位数。

"杜老板,现在你可以告诉我,应该怎么做……诶,干什么!你、你们要……干什么……"

见交易顺利达成,一直在旁沉默的莫换忽然走到孔正面前。仗着身高优势,他一伸手便轻轻巧巧揪起他的衣领,不由分说地将人提溜着向树干上撞去……不知从何处延伸而来的藤条将孔正牢牢束缚,迅速拖进裂开一条缝隙的树干中,连一声呼救都来不及喊出来，男人便失去了知觉。

他，被一棵树"吃"掉了。

再度醒来时，孔正发现自己身处一处墓园。

他赶紧上下摸了一通，发现哪儿都没少，脚下也有影子，悬着的心才放下来。

那处墓园，是自己从小和父亲一起生活的地方。

每当提及父亲，孔正最先想到的就是一桶红油漆和一桶黑油漆，还有几只早已秃毛的旧毛笔，最后，是墓地中排列整齐的墓碑。父亲身体一直不大好，在城区工地上出了事故之后，他就再也干不了重活了，托人介绍去了城郊的墓园上班，每天带着两桶油漆在墓地里转悠，帮着来祭拜的人描一描墓碑上褪色的字，赚一些零钱。

年幼的孔正跟着父亲住在附近，父亲工作时，他就独自在墓园里玩耍。不少大人警告过他，说小孩子不要在墓地乱走动，容易招惹来不干净的东西。但他那时候太小了，完全没有那些概念，那些让人避而远之的墓碑在他看起来，不过是消磨时间、打发无聊的"玩具"而已。

年底时，父亲赚了些钱，给那间不足十平方米的土房里添了台二手电视，又带着孔正去城里转了一圈。那个时候，孔正才意识到不是所有的小孩都在墓地里长大，也不是所有的小孩都穿着和他一样破旧的衣服，吃着和他一样简陋的食物，他们不会将墓碑当做玩具，他们甚至……根本不想接近这种阴气森森的地方。

孔正在路过的快餐店门口站着不走，在琳琅满目的玩具柜台前哭闹撒泼，可父亲只是用带着歉意的目光看着他，什么也没有给他买。

男孩心里反反复复出现一个声音：凭什么？凭什么啊！

于是，他将所有的怨气都撒在了父亲的"没本事"上，越来越在意周围同龄人所吃、所穿、所玩、所用的一切，并固执地与他们做着比较，哪怕，是已经死掉的小孩。终于有一天，男孩拒绝了父亲为他热好的隔夜饭菜，饿着肚子跑去墓园，将手偷偷伸向坟前的糕团和糖果……

原本沉睡的记忆，一点一点清晰起来。

从偷吃第一口施食开始，存心攀比之人，就已步入迷途。

孔正站直了身子，眼神里还有一丝茫然："不会吧？这里该不会是……"

"这里是你的记忆——二十七年前，你所生活过的地方。"

是杜卿的声音，悠远、空灵，最终消散在墓园呼啸的阵阵阴风中。

孔正举目四望，企图寻找那个男人，却一无所获。或许是某种特殊的传声术吧？或许他正在哪个地方观察着自己。心里正琢磨着，他又感到腿边有熟悉的触感，低头便看到家具店里的那只黑猫，不由惊讶："你、你不是那个……怎么，你也跟着我一起回来了？我知道你和杜老板都是厉害角色，请你们告诉我，我要……要怎么样才能回去？"

"比起弄明白这些事，我劝你，还是先去看看那家伙。"

黑猫跃上一块墓碑，淡定地抬起前爪，指着一个方向——男孩躲在墓碑后，正伸手探向坟前的施食。

孔正认出来，那分明是……

他快步走过去，伸手将男孩手里的糕点给夺了过来："你很饿吗？"

男孩眼看了看那个凭空出现的人,没理他,打算去偷墓碑前的另一块糕点,但被孔正呵斥住了。

这一回,男人的声音坚定了许多:"那是'他们'的食物,你怎么能偷吃呢?"

"我饿,就是想吃。"

"你爸爸不是给你准备了饭菜吗?"

"他准备的?那些,都是昨天的剩饭!不对,是前天的!谁要吃那些烂糟糟的饭菜啊!我想吃糕团,想吃水果,还想吃甜甜的糖果,怎么了?"男孩向一个"陌生人"诉说着自己的不满,"连死掉的小孩子都能吃上那些,我爸却从不给我买……凭什么?凭什么啊!"

"小鬼,你这是在和死人攀比么……"

孔正的话说到一半就停住了,他自然知道男孩的想法很是幼稚,但不能否认的是,那些都是他年幼时的想法。无法控制的饥饿再度袭来,他咬牙忍着疼、忍着饿,将手里的施食重新放回到坟墓前。

那是所有恶果的起因,他绝对不能再犯同样的错误,杜卿他们渡了他一程,剩下的,他得自渡。

男孩看出他很痛苦,关心地问:"叔叔,你怎么了?"

"我,有点饿……"

"这里不是有很多吃的吗?你吃掉好了,不会有人发现的。"

"不,那些施食是别人的东西,我不会吃的。我知道,这座墓园里,有天底下最好吃的东西……"

孔正抓住男孩的手腕,艰难地站起来,他按照记忆中的路线,回到了曾和父亲居住过的小屋里。他从碗柜里找到那个不锈钢饭盒,又摸出怀里的红豆杉木碗,将饭菜倒了一大半进去,大口大口地吃起来。汤水和菜油混合在一起,并非多么美味,但男人却像是在吃山珍海味一般,头也不抬。

男孩看他吃得那么香,忍不住抓起饭盒,也吃了起来。

一碗残羹冷炙下肚,孔正的眼角已经泛红。他想起来,父亲死讯传来那天,自己正逃课在网吧里上网,挂断母亲哭哭啼啼的电话后,他居然在想:也不知那老头有没有留下什么值钱的东西……年少时的念头,就像一摊留在岁月画卷上的墨迹,无论怎么擦拭,都没法弄干净,多年后再回忆那段往事,只剩后悔和唏嘘。

那位杜老板说的没错,这只木头碗,或许真的是个宝贝吧。

男孩不解地看着他:"叔叔,你说的'天底下最好吃的东西',难道就是指我爸做的剩饭?"

"是啊,我以前也觉得隔夜饭很难吃,可是,后来我才知道,我爸为了多挣一点钱,除了自己的本职工作,还要捡破烂和饮料瓶卖钱补贴家用。可即便这样,他依然坚持给我做饭,力所能及的给我最好的生活。"孔正低头看着面前那只木碗,长长叹了口气,"你不知道,我多羡慕你,还能吃到爸爸亲手做的饭菜。"

而他已经没有爸爸了。不管带着怎样的念想去回忆那个在墓园里耗尽半辈子的男人,父亲,都已经不在了。

瘦小的男孩听完那些说教,似懂非懂地点点头,像是应允,又像是承诺。

孔正看着曾经的自己,忽而感慨时光无常。好在他回来了,将心底那颗带着"恶意"的种子给挖了出来,没有让它生根、发芽。

狭小的窗口上,有个黑影晃动了一下。

孔正知道,是那只追随他而来的黑猫,他想问它一些事,但却被身边的男孩拉扯住了衣袖。

男孩凑到他耳边，小声说："叔叔，你以后还是少吃点比较好……"

"怎、怎么了？"

"你刚刚蹲下来的时候，裤子屁股后面炸线了！"

孔正懵了一下，心不甘情不愿地"哦"了一声。

时间总是在不经意间溜走，在时空缝隙中游走的人，更是难以觉察。

清晨的盘古街凉风习习，有一种秋日特有的萧瑟感。孔正揉着眼睛，在街边的一条长椅上苏醒。他远远看着444号家具店，店门紧闭，门口的灯笼也是熄灭的，整个店铺都像是打烊一整夜的样子，他的心里仿佛被塞进了一团麻线，怎样都理不顺。

疑虑重重间，孔正看见有个男人从斜对面的酒吧里走出来。男人嘴里叼着根烟，正在给门上锁，像是通宵营业结束后刚刚闭店的样子。他忙叫住那男人，询问杜老板的家具店，夜里究竟营业到几点。男人眯起细长的眼睛，像看傻子般看着他，说哪有家具店大半夜营业的，卖桌子板凳木头疙瘩给鬼吗。

"可我昨晚十二点过来的时候，明明还……"

"兄弟，谁大半夜来买家具？"浑身酒气的男人哼笑着，指指自己身后的酒吧，"我是这家酒吧的店长，这附近，就数我家营业到最晚了！你说的444号，每天下午四点准时打烊，多一分钟都不会耽误……"

孔正有些惋惜地想：看样子，昨晚经历的一切，都只是梦而已。他拍拍脸让自己清醒，正打算回家补个觉去上班，起身时却看到长椅下竟摆着只木碗。他认得那只碗,就是那只有灵性、能辟邪、还认主的红豆杉木碗!

大概是深夜一个大男人睡在街边长椅上、脚下放着只木碗的场景有些凄凉,碗里居然还有几枚硬币,应该是路过的好心人施舍给他的……

原来不是梦啊。

像古宅一般的家具店、能变成人的金瞳黑猫、衣柜里的森林、象征着万物生命的长生树……一切都是真实存在的,只不过,是存在于另一个时空里。既然从过去重回现世,是不是就意味着,他的暴食症已经彻底无碍了呢?

孔正相信是这样的,毕竟,那位杜老板是个钱货两讫的良心生意人。

他摸了摸肚子,又抬头看了眼444号家具店。

店门口那盏古旧灯笼,似乎又亮了一瞬。

"日日复日日,年年复年年,也不知要渡多少人……才是个尽头。"

送走客人后,杜卿整个人瘫在花梨木躺椅上,任由层层叠叠的衣摆铺散在地,以前的衣服、鞋子好看归好看,然而拖沓又不方便坐卧,总会让人念起T恤和皮凉拖的好。虽然本质上是个活了几千年的"老古董",但思想前卫的杜老板已经完全接受了现代社会的便捷与高效,此刻的他,一心巴望着太阳快点升起来,还能趁着游戏副本CD没清空,去打一波BOSS。

比起事事随意的老板,444号家具店的伙计则显得严肃、谨慎许多。

从客人的记忆中回来后,莫换就一直维持着人的样子,杜卿的那番话让他很是不爽,冷不丁开口说教:"杜卿,你应该比我更清楚,一旦成为长生林的守林人,就不会有尽头!与其说我们是在渡人,倒不如说,我们是在渡自己——你还不想死吧?"

"就算我想死,你会让我死吗?"

"不会。"

"主子不许的事情,我哪儿敢忤逆?我啊,早就不想死了。"杜卿无奈地闭上眼睛,伸了个懒腰,"再说了,我们像现在这样活着,不是也挺好的吗?现世中有那么多有趣的人和事,唯一头痛的,就只有房租和水电费而已……不过没关系,钱嘛,总归能省出来的。"

"可你以前常说,钱是赚出来的,不是省出来的。"

"我说过这话吗?哈哈哈哈,请立刻忘记——钱,就是省出来的。"

杜卿佯装不在意地干笑几声,莫换瞪着他,酝酿了许久的拳头,却没落下去。

曾经的杜家少爷,绝不会有金钱方面的困扰,穿最精致的衣服,去最好的酒楼,随随便便的一样饰品,可能就能买下一户小宅……

可是现在,他竟在为日常生计而犯愁。

世事无常,因果轮换,那些从出生起就高人一等的家伙,未必能无忧无虑过完一生。站在越高的地方,享有越多的特权,承受越多羡慕的目光,跌落下来时,就越可怜。好在,杜卿已经被时间的洪流磨平了棱角,接受了现实。

当窗外第一缕阳光照进来时,两人身上颇为惹眼的行头,重新变作寻常装扮。杜卿打着呵欠戴上耳机,打开了柜台上的电脑。莫换则化为黑猫的形态,沐浴着还带着些许凉意的阳光,在杜卿腿上缩成一团。

自家老板只有在打游戏时才能稍微"温文尔雅"一会儿,顶多是损一损不知远在何处的"猪队友"们,等他觉得嘴炮也无趣了,又要想法子拿伙计寻开心,在作死边缘反复试探。

不过,杜卿说的终归没错。他们像现在这样活着,也挺好的。

木八音 · 消失的井泉童子

"摇滚不死！Rock！"

光线昏暗的酒吧里，聚光灯打在穿着机车服、化着烟熏妆的少女身上。在客人们迷茫的眼神中，她自顾自取下架子上的话筒，已经完全沉浸在音乐的律动中："后面的听众朋友，请举起你们的酒杯！接下来，我要唱一首原创歌曲……"

没有人欢呼，没有人期待。

毕竟，这是一家休闲酒吧，晚上过来喝酒聊天听音乐的客人们，疲惫了一天，并不想增加耳朵的负担。当舞台上第一个音符响起来时，有人就发出了嘘声。吧台后面正在调酒的男人手一颤，摔碎了一只子弹杯。

"殷店长，你没事吧？"

"没事。"男人抬头望着舞台，"谁找来的驻唱？她这是在干什么玩意？"

店员们相互瞅望，没有人应答。

激昂的重金属风前奏结束后,那个叫做顾念笙的驻唱歌手居然在舞台上唱起了一支水乡小调,咿咿呀呀,百转千回,尽管那是一支很好听的曲子,但在这种氛围下……简直就像是在火锅里涮芝士蛋糕,在蒸锅上放冰淇淋,怎么听都很奇怪。

她唱得那么投入,那么忘我,根本没有注意到舞台下客人们的骚动与质疑。

殷店长沉默了数秒,继而解开围裙,丢下手里的调酒杯,强硬地将摇滚少女从舞台上给拽了下来。常来的客人知道他是这里的店长,并不认为此举有不妥,即便他不这么做,估计也会有客人主动上去"救场"。

他将搞砸演出的歌手一路"扭送"至酒吧门口,但似乎并不打算就此放过她。男人破开黑夜,带着她向走向长街深处。

"放开我,快放开我!"顾念笙挣扎着,警觉地高声呵斥,"殷店长,你知不知道,这样是性骚扰,我可以告你的!还有,你还没给我结工资呢!"

活了那么久,他头一回听到异性说出如此控诉,也头一回遇到糊成这样还好意思找他结工资的驻唱歌手。

男人松开手,站在原地,缓缓点了根烟,示意自己要冷静一下。少女见他并没有想要冒犯自己的想法,这才冷静下来,小心翼翼地问:"殷店长,你到底要带我去哪里啊?"

男人吐出一个烟圈,抬手指了指不远处的一座仿古小二楼。尽管已是深夜,那家店门口的一盏灯笼,却仍然幽幽亮着。

午夜十二点,是"今天"与"昨天"的分界线。也是盘古街444号两种截然不同景象交错的时刻。

眼下，屋中所陈列的家具与摆件，全然没有一丝现代气息，让人无端产生出一种回到几千年前的错觉，而店里那位年纪轻轻的杜老板，青衣古装，长发束成一缕垂在脑后，俨然一副不合时宜的打扮。尽管他眼角眉梢带着点懒散和随性，却遮不去生意人眼中的机敏、伶俐。

他招呼今夜的客人入席，将脸转向仍在一口接着一口抽烟的男人："所以，你就因为这位小姐喊了声'摇滚不死'，然后唱了段水乡小调，就把她拎我这儿来了？"

"你这是什么语气啊，杜老板。她在我那儿一开嗓子，客人们的尾巴都吓出来了。咳咳，总之，你就当我为来喝酒的客人讨个说法吧。"

"殷黎，你当我这儿是'问题人士'收容所吗？"

"难道不是吗？"

殷店长名叫殷黎，外表看上去不过三十出头，是杜老板的旧识。当年，正是他向刚来惑城的两人推荐了盘古街444号店面，说是牌号不吉利，前后换了几家店都落得关门大吉的下场，不少生意人对此避之不及，租金一降再降，依然无人问津。

可杜卿不在乎这些，越是不吉利的地方，却容易打开通往长生林的"门"，他之前开过的几家铺子，不是4号就是44号，这回不仅不吉利，关键还省钱……简直妙哇。于是，他二话没说就敲定了店面新址。

殷黎开在巷子里的酒吧叫做"有家酒吧"，杜卿懒得多想，便给自己的店起名叫做"有家具店"，还觉得颇有深度。后来他才知道，像"有家""有间""有个"这样的字眼，早就烂大街了，粗略数一数，盘古街上少说也有十七八家。更要命的是，他把"有家具店"的简陋牌匾挂门口,和"前方50米有公厕"一类的提示牌没有任何区别。

被当做"问题人士"的顾小姐显然不满殷店长这样的说法:"我说了,我在舞台上唱的明明是自己新写的歌——重金属摇滚,可他偏说听到的是水乡小调,我有什么办法?有问题的是他啊!他幻听了!"

殷黎不说话,只是抽烟。

气氛有些尴尬,顾念笙看见脚边蹲着只黑猫,顿时来了兴致,伸手想摸,却被小兽露出的尖锐牙齿吓得缩回了手,吐着舌头,低声念一句"好凶"。

"这家伙凶得很,别惹它。"

"还没绝育吧?"

"是、是啊!"

"那可不行!对了,我哥是兽医,现在他店里正好有活动:三猫成团,绝育八折。杜老板,我把我哥宠物医院的电话留给你!"

大概是害怕继续深入这个话题会惹家里的猫主子不满,杜卿适时打住,转而去怂恿顾念笙再唱一遍那首新曲。有人捧场,摇滚少女立刻现场秀了一段,可听众脸上写满的凝重却令她感到困惑,中途便停了下来。

听了殷黎和杜卿详细描述后,顾念笙才知道,虽然自己的眼神、表情、肢体动作都很摇滚范,但从嗓子里发出的声音,确确实实是一曲水乡小调。

那并不是她想唱的歌。甚至,那并不是她所熟知的歌。

"等等,我换首歌!"

"还是那首小调。"

"怎么会！我、我再换一首，我唱首你们熟悉的流行歌……"

"嗯，还是一样的。"

"我唱首儿歌！儿歌总不会还……"

顾念笙接连换了七八首歌，但只要一张嘴，唱出来的，还是那首小调。杜卿暗自整理了歌词，大致意思是：我会在这里等你，一直在这里等你，你要如约而来，千年、万年，切莫要失信……

"我以后不会……再也不能唱歌了吧？"顾念笙红着眼睛，一脸不甘，"难道说，我的歌手生涯，到这里就已经要结束了吗？"

"压根就没开始过吧？"

殷黎小声吐槽，随即掐灭了手里的烟屁股，询问杜老板怎么看。

"金、木、水、火、土五行之中，就属木和人最为接近，有时候，人遗忘的记忆，木头却能记住。"杜卿望向今晚的客人，"顾小姐这种状况，不像是遭了厄难，倒像是被和她有缘的木头唤醒了很久以前的记忆，如果这症状是今天才出现的，那么，那块木头应该在殷黎你的店里才对。"

黑猫灵巧地跃上殷黎大腿，用前爪对着他的西装裤口袋挠了又挠，沉沉地说了句，别藏着了，拿出来吧。

"嘿，老猫你是什么时候发现的？"

"从你进门时就发现了——你身上，有木头的味道。"

顾念笙的脸上迅速飘过"什么情况""猫居然说话了""你们没人觉得不对吗""为啥都这么淡定"的惊愕表情，最后，她决定闭嘴，假装猫说话是件稀松平常的事——她今天经历了太多匪夷所思的事，已经没有力气一件一件弄明白了。

殷黎有些不甘心地从口袋里摸出一只小小的木头盒子，递到杜卿手中，道出实情：他今天带顾念笙来444号家具店，并非是一时兴起，只因他曾经听过那支水乡小调，重温旧声后不免唏嘘。

"桐木，做工上乘，虽然年代久远，但卖不出什么钱。"很快，杜卿就从一个商人的角度判定了那只盒子的价值。"不过，这么小的盒子，放不了首饰，也摆不来物件，是做什么用途的？"

殷黎略有所思："是用来存放声音的。"

存放声音的木盒？杜卿皱起眉，面对这两个关键词，他只能联想到一样东西——八音盒。但八音盒之所以能发出声音，是因为盒子里放置有金属机芯，通过外在发条或者摇把产生带动机芯的动力，才能演奏歌曲。

木头做的八音盒并不少见，但这么小一只木八音，又没有外置发条和摇把，杜卿掂了掂手中木盒的分量，摇头说不可能。像是急于证明什么，他打开盒盖，谁料桐木盒子中立刻传来咿咿呀呀的女子歌声，轻柔又空灵，与顾念笙唱的那首小调一模一样，婉转的曲调萦绕在整间屋子中，竟有一丝凄楚。

摇滚少女惴惴不安地听着那支曲子，几秒钟后，竟跟着一起哼唱起来。一曲结束，她边挠头边感慨："真是奇怪了，这旋律和歌词怎么像是储存在我脑袋里一样？张口就能唱出来，可我，从来都没有听过这首歌啊。"

杜卿也将目光移到殷黎的身上，期待能够得到新的线索。

"这是几百年前在南边水城传唱的小调，你没听过，也不奇怪。"有着一双细长桃花眼的男人摸出口袋里的烟盒，点燃了进店后的第三支烟，"哦，对了，留存在盒子里的，是一位歌女的声音。"

"这和我有什么关系？"顾念笙百思不得其解。

"那位歌女，是你的前世。"杜卿直言，"是她在呼唤你。"

"我的……前世……"

"是啊。"着一袭青衫的男人笑的如同三月春风，而在他露出这种笑容后，往往就意味着要开始忽悠人了，"顾小姐，你想亲眼看看自己的前世都经历过什么吗？只要一点小小的报酬，我们就能……"

顾念笙有些犹豫，晕染开的烟熏妆令她看起来像一只正在苦恼的熊猫。

殷黎打断杜老板谈单："在决定回去之前，要不要先听我说个故事？"

杜卿往煮茶的小炉子里添了几块木头，冲他做了个请便的动作。

那是几百年前发生的事了。

在那座南方小城里，家家户户都喝井水。城中水井奇多，几乎是每几户人家就共用一口水井，有些富贵人家，甚至还会在院子里打"私井"，只许自家人打水喝。而每一口井中，都住着一位守护的神明，他们生来便有神通，能在暗中净化水源，保持井水澄澈无害。百姓们称呼勤勤恳恳的井中神明为"井泉童子"。

为了让整年守护水井的井泉童子得到休息，在每年腊月的最后一天，百姓们会存上多日的用水，然后将井口封住，直到过完新年，才会重新开井。每年的封井期，便是井泉童子在凡尘现身的日子，等到开井后，他就会重新遁入黑暗，直到下一个封井期再出现。年复一年，周而复始。

等到一口井彻底干涸，井泉童子便会永远离开，但这并不是悲伤的事，听城中的老人们说，那些离开水井的神明并没有消失，他们不过是完成了各自人间的工作，重新回到天上当神仙去了。

但是，小城最东面那口井里的井泉童子，却犯下了不可饶恕的罪孽：他爱上了沉在井底的一具骸骨，骸骨上缠着怨气，他却不愿用神通将骸骨除去，任由它在井底三年。在那三年里，靠井的几户人家吃的用的，都是被污染的水，有人生病，有人疯癫，有人失智……可百姓只当是城东风水不好，从没有想过问题出在井里。

"为什么会有人爱上一具白森森的骸骨？"故事讲至这里，顾念笙忍不住问到。

"三年前，城中最负盛名的歌女被所爱之人背弃，一时郁结，投井结束了自己年轻的生命。"殷黎的样子并不像是在说谎，"骸骨上缠着歌女生前的怨气，每当夜深无人之际，便会反反复复吟唱歌女生前最爱的那支小调。井泉童子大概是个音乐发烧友吧，反正在井里也没什么事做，每天都听同一支曲子，就迷恋上了会唱歌的骸骨。"

她想了想，点点头，表示自己完全理解。

杜老板咂咂嘴，假装自己似乎、仿佛、好像也能够完全理解。

客人有些失落："没想到，我的前世，竟然落得这样的结局……人为什么要谈恋爱，是歌不好听，还是乐器不好玩？"

"那个年代的女子，或许本就很难善终，生前被爱人所负，死后却能得挚友，倒也不算枉来人间一趟。"杜卿安慰她，"在井泉童子迷恋骸骨的时候，骸骨，也一定深深依赖着井里的那位神明吧？"

"是啊。"殷黎吸了几口烟，继续说着自己知晓的故事，"但井泉童子只能在每年的封井期现身，每次见面，他都会叮嘱骸骨，让它唱歌时小心些,千万别被周围的住户发现——如果骸骨被人从井中打捞上来,入土为安,便再也不能唱歌了。"

"后来呢,骸骨后来怎么样了?"

"后来的故事啊……"

男人没有再说下去的意思。也许,是他懒得再说,也许,是他也不知道结局,也许,他本来就打算说一半,剩下的一半,需要付费聆听。和殷黎相识多年,杜卿很快会意那家伙是在给自己留生意,转而挂着张笑脸去问客人:"顾小姐,如果是你,会怎么做呢:是遵守和井泉童子的约定,不让任何人发现井底的东西?还是为了喝井水的百姓们,故意说出骸骨就是灾厄源头这件事?"

顾念笙摇摇头,连着说了好几遍"我不知道"。思考了一会儿,又说:"杜老板,我想,回到前世去看一看……"

顾念笙忘了自己究竟是怎么晕过去的。

只记得,她是跟着三个男人走进了一座森林。对,三个男人,有个穿黑衣服的人仿佛是凭空出现在店里的,但他对她要去做的事,却完全不意外,好似全程都没有缺席——顾念笙想不明白,又不好意思多问。

黑衣男人当着他们的面,打开了一只衣柜,然后森林便出现了。不知走了多久,他们在一棵干枯掉的死树前驻足,那位似有神通的杜老板对着枯树念念叨叨了几句,那棵树便像是慢镜头回放一般,恢复了活着时的生机。

杜老板说,树上的果实里,存着她前世的记忆。

下一刻,她就被那棵树拖扯进树干的裂缝中,还没来得及看清楚周围景物,便开始不停地下坠,不停地下坠,直到跌入漫无边际的黑暗、跌入冰冷刺骨的水中……周围的空间狭小且阴暗,散发着草腥味的水,很快没过头顶。

不知过了多久,她才彻底清醒过来。绝望之际,耳边传来杜卿的声音:"顾小姐请别担心,你只是回到了前世的身体里而已,不管你在这里经历过什么,对现世生活都没有任何影响——顺便一说,你在那口井里。"

那声音直击她的内心,像是某种感应,又像是一种千里传音。

顾念笙之前见识过长生林里的异样,即便觉察到此刻传声术的非比寻常,却也只觉得内心十分平静,甚至还有点儿……想哭。

"井里?那我现在岂不是一具骸骨?"她问,"骸骨也有记忆?"

"它对世间有怨念。"杜卿解释说,"你应该感谢自己眼下是一具骸骨。毕竟,骨头不用在水里呼吸。"

"说的也对,而且,我今天烟熏妆的睫毛膏不防水。"

杜卿没说话,不知是气的,还是气的。

顾念笙隐约听见444号的时空里发生了些许骚动,殷店长大概是在和另一个男人争执着什么,几秒钟后,杜卿才继续和她搭话,却只说了一句意味不明的"三个六",之后便彻底中断了联络。

摇滚少女想了很久也没明白"三个六"是什么意思。密码?提示?又或者,是在夸她很勇敢,很淡定?然而,井水中缓缓浮现出的白色影子打断了她的胡思乱想。她企图尖叫,可惜并未得逞,她看清楚了那个白影:是个穿着古代衣装的男人,白衣长发,有着不似人类的美貌。顾念笙想,这一定就是守护这口井的神明——井泉童子了。

神明的声音像是从遥远的天河传来,既温柔,又迷离。

"马上就要'开井'了,开井后,我会消失很长一段时间,直到下一年的'封井'期才会再出现。你,会想念我吗?"

她在神明清亮的眼眸中,看清了前世的模样:森白且光洁。是啊,歌女已经死在井里很久了,尸体腐烂过后,留下了骨头,可井泉童子并不在意这些。他舒展身姿,轻盈地靠近那具骸骨,说分别在即,能不能请它再唱一遍那支歌?在日日夜夜的寂寞与空虚中,那支小调,是他唯一的寄托。

顾念笙愣住了,忽然想起木八音里留存的旋律。她想将那支歌唱出来,然后,就真的听见了歌声。那是从骨头里发出的歌声,它怀着万般柔情,轻声在唱:

> 我会在这里等你,一直在这里等你,你要如约而来,千年、万年,切莫要失信……

神明微微闭着眼睛,沉醉其中,露出心满意足的笑容。

井外响起不合时宜的爆竹声响。

压在井沿上的大石头被人缓缓挪开,男女老少的欢呼声灌入井中,期间还能听见一两句"开井啦"之类的叫嚷,杜老板的声音也夹杂其中,他好像对她说了"五六七八九十"和"炸"之类奇怪的话,像是在数炮仗。

而井泉童子却带着对来年的期待,他的身躯变作点点细碎的白光,像是漂浮在井水中的银箔碎屑,最终,无迹可寻。

等等,再等等啊……

顾念笙很想与那个刚刚见面就要分别的男人说些什么,质问也好,安慰也好,给他一个许诺,或是将他骂醒,怎样都好,但她眼下不过是一堆骨头，除了重复吟唱那首记忆中的小调外，发不出其他声音。她终于明白过来，为何遇到那只木八音后，就只能唱出一支旋律了——歌女的骸骨是在刻意让她回忆起，那时离别的无助与无奈。

之后，顾念笙终于知道了故事的后半段……

那天，是东面几户人家开井的大日子。大清早，男男女女便围着井口开始焚烧香火，送走守护水井的神明。开井后的第一桶井水有着特殊的意义，顾不上正月里井水冰冷刺骨，姑娘们将白皙的双手伸进水桶中洗濯，祈祷着神明保佑，新的一年丰衣足食，风调雨顺。一切都是那么祥和，好似新的一年，再也不会有任何灾厄。

就在众人结束仪式，打算各自取水回家时，井下却传来了女子幽怨又婉转的歌声，轻轻柔柔，黏黏腻腻，像是猫儿的爪子在心头抓挠，揉得人肝肠寸断：我会在这里等你，一直在这里等你，你要如约而来，千年、万年，切莫要失信……

"你们有没有听见女人歌声？好像是从井里传上来的！"

"我听见了！井下有人！救人，快下井救人啊！"

"谁家男人水性好，快过来，井底有东西……"

人们挤挤攘攘围拢在井沿周围，向下张望，可惜井太深了，什么都看不清。但人命关天的事，谁也不敢耽搁。他们寻了土法子将井水抽掉一部分，又让水性好的男人在腰间绑了绳子下到井底，这才捞出一具骸骨，只是……骸骨左手，缺了一截小指骨。

白骨出井，便再没有了那怪异的歌声。城中百姓这才想起三年前失踪的那位歌女——有人说，听过她唱过那首小调，那个声音确确实实是属于歌女的。又因歌女生前乐善好施，是个善人，他们便将捞上来的骸骨葬在不远处的山坡上，还立了个小小的坟冢……

没有人知道，在做这一切的时候，不远处的山丘上，有一只灰狐狸始终在探着脑袋凝视着他们，它想走近，却又怕被人类驱赶。见骸骨入土，在发出几声尖细的悲鸣后，灰狐狸终于跑开了。

顾念笙回到444号家具店后的第一件事，就是去找杜卿。

她的心里堵着许多的问题：为什么会有一只灰狐狸出现在那段记忆中？为什么骸骨唱的水乡小调会留存在一只木八音里？歌女的手指为什么会断？骸骨离开了水井，井泉童子该多么难过啊，他的结局会怎样呢？

人啊，大抵都是这样，当一个好奇心被满足后，又会衍生出更多的好奇心，恨不能花上几天几夜，替故事里的主角过完一生。所以，电视里的连续剧才能拍几百集。

然而，此时的杜老板正忙着另一桩生意。只见他守着案几上自己赢来的算筹，顺手甩出几张木片做成的卡牌，对面前的殷黎和莫换说："三个皮蛋带一对七，有人要吗？"

午夜过后，盘古街444号里的时空便会发生些许错乱：手机、电脑、电视机……但凡能想到的一切用来消遣的现代物品都会消失，只能自己想办法消磨时间。杜卿闲着无事就做了副木片扑克，正巧今天殷黎在，必须来一场紧张刺激的三人斗地主。

顾念笙一拍脑门，终于明白了"三个六"是什么意思了。她没有多说什么，只盯着殷黎的脸看，后者很快猜到了她在想什么，慢悠悠地对她解释道："抱歉，让你失望了，我可不是井泉童子的转世啊。当时为了打捞骸骨，周围的住户们抽干了井水，那口井再也没有出过水，井泉童子也消失了。他因玩忽职守，并没有被天庭所接纳,不得不滞留于人间,最后消失了。"那本来就是数量众多、法力低微的神明,多一个,少一个,并没有什么人在意。

"至于那只木八音……好吧,我承认,里面是有'机芯'的。"殷黎卖了个关子,"就看杜老板有没有本事解开了。"

杜卿欣然应战,再度拿起那只木八音。

确定其中有暗层后,他开始寻找桐木盒子边角的榫卯结构——那是古时候木匠在制作家具时常用的一种结构方式,在构件上用不同的凹凸部位相结合,从而让木料紧密相连。心思玲珑、手艺顶好的木匠师傅,可以完全不用钉子及黏合剂制作出一样牢固无比的家具,杜卿虽然没有那样的手艺,但和木头打交道久了,多少能看出些榫卯的端倪。

几分钟后,他便寻到了盒子上的暗榫,将小小的木八音拆卸成好几个部分,随着最后一块木料脱离主体,一截雪白的指骨滚落在众人眼前,那截指骨,便是这只木八音的"机芯"了。

意识到那是人骨后,摇滚少女吓得连连退后几步。但心中的疑惑最终还是战胜了恐惧,她指着那截骨头问:"它、它怎么不唱歌了?杜老板,是不是你把木八音弄坏了,它就不唱歌了?拜托!那是我前世……留下来的、唯一的东西啊,你就这么把它毁了?我不管,你赔我一个!"

拆成这样,复原起来,估计会要了自己老命吧?杜卿装没有听见,缓缓转过身抓过桌上的木片扑克,继续征战:"三分。"莫换低着头,无视了客人的咆哮:"不叫。"殷黎默默点了根烟:"你的牌打得太烂了……"

顾念笙深深吸了一口气,点了点三个逃避责任的大男人,一二三,有机会一定要让她的兽医哥哥上门服务,正好有三只,还能打八折。

被胡搅蛮缠的少女说得心生愧疚，杜老板没有再提报酬的事。倒是旧识殷黎说，顾小姐的账，可以记在他那里。杜卿故意点破："这笔买卖我可算是亏大了！人类的寿命最多百年，百年之后，我和莫换就能收获养料；可谁知道你这老妖怪能活到什么时候，你的长生树啊，不知猴年马月才能砍喔……"

殷店长哈哈大笑，好看的眼睛弯成一条缝，摇了摇身后不知何时冒出来的尾巴。

莫换收拾好案几上散落的木片扑克，淡金色的眸子瞥向他："把完整的故事告诉我们吧——我知道，你在那个女人面前故意隐瞒了不少事。"

"好啦，好啦，我说就是：当年，歌女在投井之前，哭着唱了一遍那首小调。"殷黎又想去摸烟，但烟盒里已经空空如也，他哼了一嗓子，"她的听众，只有一只小狐狸。"男人的尾巴耷了下来。

"歌女投井时，我去拉扯过她，却不小心咬断了她的一截小指骨。那时我修为浅，又不能变幻为人，吓得远远逃开，眼睁睁看着那个女人香消玉殒。我因自责，每天深夜都去井口边徘徊，久而久之，就知道了很多事。"

"骸骨只知井中有井泉童子，却不知井外，还有一只听它唱歌的灰狐狸。"

"后来，我碰到个手艺不错的木匠，请他做了这只小盒子，专门存放歌女的指骨，一直带在身边。我之前从没想到过，居然能在有生之年遇到她的转世，顾念笙在舞台上一开口，我就知道是她了。你们怎么都不说话,是不是也被我感动到了?"

杜卿将桌上已经点清楚的算筹摆放到殷黎眼皮底下,说他一共输了六百四十元。

当顾念笙再度站在有家酒吧时,殷黎差点儿没认出来。

她没穿机车服,也没化烟熏妆,而是穿着白色的连衣裙,还背着把木吉他。少女将长发挽到耳后,小心翼翼地将写好的歌单递给他检查:"殷店长,我今晚唱这几首歌,你看可以吗?不好意思啊,之前那次其实我没有通过试唱,是偷偷顶替原本那位驻唱擅自跑来表演的,好像,吓到了不少客人。我今天是来试唱的,希望你能再给我一个机会!"

见都是节奏舒缓的英文老歌,殷黎点点头,将歌单还了回去。

"以后,你晚上有空就过来唱歌吧,我会付工资的。"

"诶?可以吗!"少女流露出欣喜的神色,继而又低下头笑笑,"不过,说实话,我还是挺喜欢摇滚乐。"

"其实也有客人喜欢摇滚乐,我会考虑,以后每个季度抽一天……"殷黎顿了一下,修长的手指将香烟从嘴里夹出来,"披头士、滚石和蝎子、枪炮与玫瑰,我都买过唱片,也收藏过几张黑胶。"

没人规定,老妖怪就不能是音乐发烧友。他甚至还跑去看过现场……当然,这话不能随便乱说,毕竟,他才"三十岁出头"。

顾念笙像是找到同类一般,张开双手就抱住了面前的男人,兴奋道:"哇,殷店长是同道中人啊!拜托,一定要让我唱,一定……"

"喂,你知不知道,我可以告你性骚扰!"

"啊，抱歉，太激动了就……"

甩掉了身上的大麻烦，殷黎忽然想起什么，从柜台里取出一样东西，递给顾念笙："对了，这是杜老板托我拿给你的赔偿。"

"什么？"

"木八音。"

"里面有人骨头吗？"

"当然没有。"殷黎笑笑，"那截指骨我当做私人藏品了，你没意见吧？"

"没意见，没意见。想到那是几百年前的人骨，我还是有点……"顾念笙眼中腾起一丝犹豫，重新将目光聚焦到手里的木八音上，"也不知杜老板会在里面放什么曲子，是那支水乡小调吗？我原本还担心再听不到了呢！"

殷黎耸耸肩，表示自己并不知道木八音里是什么曲子："听说，是杜老板花了大价钱特别定制的机芯，你就原谅他吧。过几天叫他们来给你捧场。"

按捺不住心中的好奇，顾念笙摇起木八音背后那支打磨光洁的手柄，给机芯上好动力，忐忑地等待盒子发出声音。那始料未及的欢快曲调，却让两个人都愣住了。

盒子里飘出来的是"欢乐斗地主"的背景音乐。

拔步床·永远停在十八层的电梯

日子这个东西,过得太久以后,就不太会一天天的都记在心上了。

所以,自从搬来盘古街444号以后,除了交房租水电费的日子和超市会员日外,杜卿也就只记得周四"大副本日"和周二"小副本日"。

沉迷网络游戏是最近几年才有的事。他不知从哪儿听说,玩游戏才是年轻男人该做的事,他觉得自己的外表在现世里也算是个年轻男人,就抱着试一试的想法去尝试了一下,结果一发不可收拾。

杜卿甚至还想过拉莫换一起玩,但被后者以讨厌电脑为借口拒绝了。想来也是,那家伙愿意接近电脑的时刻,大概也就只有变成猫趴在键盘上呼呼大睡或者咬网线时候。

这周的"大副本之日"姗姗来迟。杜卿一大清早就坐在柜台前敲键盘,嘴里碎碎念着队友:"这个T怎么回事?我这么奶他都站不住!现在的年轻人啊,到底有没有团队意识?这要是以前在我手底下干活，三天，三天我保准把他辞退了。"

莫换维持着人形，像影子般在杜卿身后站了一会儿，却依然没看明白显示器屏幕上那些手持武器的"小人"究竟在做什么。他不喜欢电脑，或者说，他不喜欢一切电子产品。与总能很快接受新事物的杜卿不同，莫换本能地排斥着现代社会中的许多东西，固执地认为它们很"坏"。

但他也承认，抽水马桶和冰箱是好东西。

杜卿趁着团灭，仰起头，脖子搭在椅背上看着莫换："记得把冰箱里的牛奶都喝掉，再不喝又要过期了。"

"你就不能买些日期新鲜的吗？"

"超市会员日打折，忍不住就……"

"会闹肚子的吧。"

"没事，我给你买过医疗保险。"

"保险？你觉得我需要保险？"

莫换带着些许轻蔑说出这番话。其实，对于保险这东西，他也是在不久前才弄明白是什么意思。那次，殷黎的车在路上被人给蹭了，特意跑来和杜卿絮絮叨叨说了一下午，顺便给他补了堂课。

说到车，车也是坏东西。

"抱歉，我没说清楚：是宠物医疗保险。我看顾念笙哥哥的宠物医院里有代售点，就去买了两年期的。还有，要是你一直用'人'的样子待在店里，需要买医疗保险的人应该是我吧？还得再买个意外伤害险之类的，万一哪天被你打死……"

"我会留你一口气的。"

"那真是谢谢你喔。"

莫换垂着脸，沉声说了一句："杜卿，你要是死了，我也没法在世上独活。"

这话说得稀松平常,但杜卿却有点晃神。

他想,果然不能用这个姿势聊天,脑供血会不足。

店里气氛无端有些尴尬,好在有客人进来,打破了两人间的沉默。

西装革履的男人手里夹着奢侈品牌手包,头发用发油打理得一丝不苟,还喷了古龙水。锃亮的鳄鱼皮皮鞋一踏进店里,杜卿脑海里就自动飘过四个字:是只肥羊。客人倒也干脆,开门见山表明来意:"我要买张床,要好一点的料子,太差劲的就不要介绍给我了,看不上。"

话刚落,杜卿立马强行退出游戏假装掉线,起身招呼。凭这么多年做木头生意积攒下的经验,他一看进店的人,便知道有戏:"不是好料子也进不了我这店,先生放心挑吧。"

男人在店里转了一圈,目光最终落在摆在后堂正中央的一张楠木拔步床上。

拔步床是明清时期颇为流行的一种大型床,木床周围不仅有地坪还有围栏,在床前形成了一个回廊,占地很大,甚至还能在回廊里安放案几、小凳之类的小型家具,成为"床中床,罩中罩",工艺极为精巧。但拔步床笨重又占空间,打扫起来颇费事,现在几乎已经没有人买回去自用,更多时候,只是用来展览的藏品。

杜卿也是这么想的,所以才将它摆在店里。没想到,今儿却遇上位一心要做"冤大头"的金主。

金主姓张,单名一个者字,家就住在盘古街附近。即便杜老板很委婉地向他表达了拔步床在居家生活中的种种"缺点",但张者要买走它的态度却无比坚决。张者一直在说这床看上去结实牢固，像个笼子，让人安心。

"张先生家里是中式装修风格吗？"

"不是，像我们这样的business person，基本不会青睐中式装修风格的吧？不过，如果我今年在古城区买了别墅，说不定会考虑一下。"

"说的也是呢。"杜卿笑得有些僵，提醒自己不要将对有钱人的偏见带到生意上，"如果张先生家里不是中式装修的话，这拔步床和其他风格的家具不怎么好搭配呢，没关系吗？"

"Who cares！"张者耸耸肩，"这床，我是给我妈买的，她大概会喜欢这种老气的款式。"

"但是，这张床……不便宜啊，张先生要不要再看看其他……"

对于稳赚不赔的买卖，杜卿这种生意人自然不会拒绝，但他不愿卖这张床，是因为觉得这位客人十有八九是在冲动消费，等过几天脑子清醒过来，大概会上门来退货了。要将这么大件的东西搬进搬出，拆卸安装，莫换一定会很不爽。

"不用看了，就要它。"张者十分礼貌地拒绝了他的提议，"我不缺钱。"

这话像是在杜卿心头插了一刀，他缓了一会儿，在莫换带着一丝嘲讽的目光中，利索地收钱开单据，顺便默默提价两成。

生意有赚头，444号家具店的服务自然而然随之升级。

在杜卿的软磨硬泡下，莫换才勉强答应去张者家测量房间尺寸，临走前还被强行套上一件印有"盘古街444号有家具店"广告字样的红色小马甲,那是杜卿强行让街口的图文快印店免费给做的。

本着"顾客至上"的原则,杜卿再三嘱咐店里唯一的员工,对待金主一定要客客气气、无微不至,必要时,喵几声卖个萌也是可以的。

莫换懒得理他,迈开长腿就走了出去,却瞄到了张者从手包里摸出了汽车钥匙。很显然,金主是开车来的——车,是坏东西。当莫换昏昏沉沉地坐在副驾座上,终于体会到了"生而为人"的无奈。

迈巴赫径直开进盘古街附近一处高级住宅小区。张者告诉莫换,这只是自己名下诸多房产中的一套,不大,也就两百五十平米左右,搬来这里住完全是因为离公司近,方便安顿精神不太正常的母亲。昨天他才将母亲从新城区别墅那边接来,还没来得及请护工,暂时只能由自己照顾。

莫换想起了杜卿的叮嘱,耐着性子听完金主的花式炫富,也不主动搭话,甚至都没有多做自我介绍,直到两人在地下车库等电梯时,张者才想起来问小伙子你怎么称呼。

"莫换。"

"哦,莫师傅——年纪轻轻就出来挣钱了,不容易啊。"

莫换咂摸着这个微妙的称呼,已经开始后悔一个人出门了。不过"年纪轻轻就出来挣钱"这件事,金主倒是没有说错,细细回想一下,自己接到的第一笔生意是在十一岁还是十二岁来着?他记不清了,只记得总共赚了五两银子,又因手脚都受了伤,三两用来买了伤药,在房间里躺了足足三天才好。

总之,不是什么好的回忆,不提也罢。

两人在冷风嗖嗖的地下车库等了好一会儿，面前那台电梯却始终停留在十八层。出故障了吗？正当莫换质疑之际，另外一台电梯终于姗姗来迟。

从电梯里走出来两个像是小区住户的中年女子，一个骂骂咧咧地说，那疯女人是把电梯当成玩具了吗，我刚刚下楼拿快递的时候就看见她了，怎么一个小时过去了她还在里面，这不是耽误别人坐电梯吗！另一个说以前没见过那疯婆子，弄不好是外面跑进来的人，等等就去找物业把她赶出去，再不行就报警，说有人故意损坏小区公共财产。

张者表情一慌，匆忙走进电梯，按亮了十八层。莫换跟了进去，开始忍受新一轮的"翻江倒海"。

电梯很快到达十八层。但空旷的楼层里，反复地回响着"已到十八层"的电子播报声。张者三两步跨进隔壁的电梯，从里面拖出一位神情慌张的中年女人——正是她躲在电梯里不停按十八层的按钮。

"莫师傅，过来搭把手！我妈又犯病了，得让她赶紧回家吃药……"

"她是你的母亲？"

"是啊，快、快点帮忙！"

然而，神志不清的妇人显然已经不认识自己的儿子了。她又哭又闹，神叨叨地说着让人听不懂的话，似乎是在给什么人赔罪："对不起，泽先，我对不起你！但我没办法，你也没办法，对不对？你别来找我，你是找不到我的！别来了，千万别来……你看，我躲起来了，你来了也找不到我。"

"妈，有事我们回家说，回家就好了！爸找不到你的，他也不会来找你的,别在这里闹!"

从张者口中了解清楚了人物关系,莫换没再犹豫,上前两步捞住妇人的腰,像搬柴火般将其打横夹在腋下,任凭她怎么闹腾也不松手,扭头对呆若木鸡的金主说:"你去开门。"

张者惊愕于男人的臂力,又生怕母亲被他伤到,一步三回头地去开了指纹锁。

莫换带着人大步流星往前走,沉声说了句:"为什么你要让电梯一直停在十八层?"

像是在自问,又像是在问怀里的张母,原本以为一个精神病人是不会回答他的,谁料,那个女人竟一瞬间安静下来,瘆人地笑了笑:"因为,地狱在十八层。"

莫换眸子一缩,什么话都没有说。

哄着母亲吃过镇定药剂后,张者才不好意思地向莫换解释,泽先是他父亲的名字。父亲去世后,母亲的精神就有些混乱了,倒没什么出格的行为,只是特别喜将自己反锁在狭小密闭的空间里,怎么叫她都不肯开门,非得找人一天二十四个小时盯着她才行。因此,他搬过来做的第一件事,就将屋子里所有门锁都拆了。

"特别是晚上,母亲最容易犯病,在床上根本躺不住。有时候非要跑去厕所里睡,有时候是储藏室,还有几次,我是在走廊的杂物室里找到她的!不知道的邻居,以为我是虐待老人呢,差点儿去叫了惑城的几家媒体来曝光我!"

"有没有带她去看大夫?嗯,就是那种专门看人心的大夫……"

"你说的是心理医生,对吧?"

莫换低着头"嗯"了一声，拉开红马甲口袋里的皮卷尺。

"当然有去看过心理医生，他们说是因为我妈在那次意外中受了刺激，缺乏安全感，才导致这种自我保护，或者说是自我惩罚的行为。"

"意外？"

"呃，我父亲死于一次意外，我母亲目睹了整个过程。"

张者看着在房间里测量尺寸的男人，出于一种莫名的信任，打开了话匣子："我在你们店看见那张拔步床，感觉它像个四四方方的小房间，里面的人舒坦，外面的人也能看得清楚，就想着买回来给我妈睡，待在那里面，总比她把自己锁在厕所和杂物间里强吧？不是我说丧气话，这么多年过来，我都快被我妈折磨疯了！Crazy！希望那张拔步床能让她消停一段时间，也让我消停一段时间……"

"你应该考虑一下。"

"考虑什么？"

"你母亲的疯病或许并不能用寻常手段来治。"

"莫师傅，你说这话是什么意思？难不成还……"

"世间万事皆有因果，但凡有恶果，定然有恶因。"莫换将卷尺重新放回红马甲的口袋里，"尺寸没有问题，今晚十二点之后，你可以来盘古街444号取货——我们还能帮你找到，你母亲的真正病因。"

张者一头雾水。母亲的病因？不就是目睹了父亲的死吗，还能有什么？

他记得很清楚，那是四年前的某个午后，有人敲响了自己办公室大门。

"张总,这个月的工资发放清单,麻烦您签个字。"

"嗯,我先看一下。"

而立之年的男人眉头紧锁,将助理递过来的表格仔细确认了一遍。看到最后那个需要走账的数字,他握笔的手颤了颤,但最终还是什么话都没说,在报表最后签上了自己的名字。助理离开后,他立马打开手机查看每张银行卡的余额——这个月,又得想办法去做贷款了。实在不行,得问问道上的兄弟有没有借钱的路子,挺一段时间再说。

张者的网络公司已经运营快两年,从最初只有四名员工的工作室,发展成为如今拥有五个部门、近三十名员工的正规公司,确实是件不容易的事。只是,钱虽然挣得比以往多了,但随之而来的各项运营成本却着实叫人头疼,再加上行业内竞争激烈,如果再融不到资金,他怕公司很难撑过这一年。

下午还要开例会,他能和员工们说些什么呢?降薪,还是裁员?

纠结之际,桌上的手机忽然响起来,张者瞥了眼,发现是自己母亲打来的。这时候找他,要么就是喊他周末回家吃饭,要么就是给他安排了相亲,但无论哪一样,眼下只会让他厌烦。

张者顺手挂断了电话,没隔几秒钟,电话却再度响了起来。

他不耐烦地接通,语气并不友好:"妈,什么事啊?我在开会呢,一会儿再……"

"你爸没了。"

"你说什么?我爸他怎么了?"

"我们开车出门,路上出了点事……"

"什么情况?"

"车子，翻进水里去了，你爸爸他，没撑住……"

听到噩耗，张者临时取消了下午的会议，直奔事发地，然而赶到时，等待他的只有痛哭的母亲和一具冰冷的尸体。

后来他才知道，那天父母两人打算去乡下探望老舅，是父亲开的车。谁料，在途经田间小路时，车子突然失控翻进池塘，两人都被困在驾驶室内。水从打开的车窗里涌入，很快就将整辆车子吞没，他的母亲自幼在江边长大，水性不错，事故发生后成功自救，但却没能救下当场陷入昏迷的丈夫。因为事故地点太过偏僻，救援队迟迟才赶来，错过了最佳的营救时间。

过程听上去匪夷所思，但事故的结局却是真真切切在那里：一生，一死。

这场突如其来的变故对母子两人打击都很大，就在张者将自己关在房间里的第三天，却意外得知了一件"喜"事：母亲之前为父亲买过好几份高额意外伤害险，总保额达到了一百七十万，这笔钱，很快就会汇到他的账户上。靠着这一百七十万，张者的公司顺利渡过难关，之后又陆陆续续接到了几个长期客户，生意越做越大。

四年后，他已经赚到了好几个一百七十万，日子也越过越舒坦，可母亲的状态却每况愈下。每次她犯病时说出的话，总会让张者无端生出些寒意，事后再去问母亲时，她总是以各种借口回避，无论如何，都不肯再提起当年那场事故。随着时间的推移，张者心中那份预感越来越强烈：父亲的死和母亲的疯病，还有那看似从天而降的一百七十万保险金，其中一定有他所不知道的联系。

万事皆有因果嘛……

男人坐在车里，看了眼手腕上价格不菲的表，已经过了午夜十二点。月色不错，空无一人的盘古街上笼着层银色的光辉，无端有些清冷，他关掉那首循环播放了好多遍的英文老歌，打开车门，被那盏灯笼青白色的光亮指引着，走入那片隐藏真相的月色之中。

无论白天来了客人还是夜里来了客人，杜老板都不会说"欢迎光临"。如若有人问起缘由，他一定会说：白日开张，是为了讨口吃喝；夜里开张，是为了延寿续命，要是他和莫换能像树一样靠光合作用活下去，他根本就不欢迎任何客人来到444号——他希望这世上没有迷途之人，没有需渡之人。

既是如此，又何来"欢迎光临"一说呢？最好是，永不知晓，永不相见。

所以，即便是买了拔步床的大金主，前后来了两回，都没能听到那四个字。杜卿面前煮茶竹炉上的铜壶正咕噜咕噜冒着热气，他抬起脸，望着面前欲言又止的中年男子，再度开口确认："你想知道当年那场事故的真相？"

莫换回来之后，便将张母的"疯病"与杜卿说了一遍。

现世之中，精神上受到创伤的人不在少数，未必每个人都有故事，可是今日，那妇人一句"因为地狱在十八层"，着实让莫换感到不适，他觉得，有必要请"有缘人"来趟店里。杜卿没有反对，毕竟，自打那个男人和一只黑猫的身体"绑定"在一起后，看人的直觉可比自己准太多了。

"是的，我想知道真相，因为莫师傅他说……"

"莫师傅？噗！"

"呃，怎么？"

"对不起，你继续说，继续。"

杜老板这一声质疑，俨然令金主有些恐慌，他看了眼莫换，改口道："莫先生说，你们能够帮我找出我母亲'发疯'的真正原因，所以我就过来了。其实，我原本是有些怀疑的，可是看到这些……"

他抬手指了指古人打扮的两人，又指了指周围不似白日般简陋的环境，露出心悦诚服的表情。

"如果我说，真相比会你想象中更加残酷呢？"

"杜老板，其实我和你一样，也是个生意人；既然是生意人，挣扎至今，什么大风大浪没经历过呢？你所谓的残酷，我未必承受不住，Understand？"

"Understand."

噢，穿着几千年前的衣服和人尬英文，违和感真不是一般的强。

像是为了故意掩饰自己的不自在，杜卿咳嗽一声，莫换立刻走到角落的衣柜边，打开了那扇通往长生林的大门——这是两人多年来一起共事培养出的默契，也是杜老板单方面装腔作势的必经流程。他向张者做了个"请"的动作，示意他跟随自己前往另一个地方，看看所谓的"残酷"，到底是什么程度。

长生林间，万物沉寂。

同族同根，同根同葬，长生林中的木头们，倒是十分符合电视剧里那句"一家人就要齐齐整整"。张家三人的长生树相距不远，其中一棵已成枯木，树主正是张者的父亲，张泽先。

张者虽是个炫富狂魔，一身铜臭，但生意人对"天理""命数"这些东西多少有些敬畏之心，面对眼前无法用常理解释的现象，他并没有表现出过多的恐惧或是排斥，而是安静地等着杜卿给出"真相"。

毕竟这趟旅途，是要支付报酬的，而这个报酬，还不是真金白银钞票。

"长生树上的果实，都是树主曾经的记忆。"

"那棵树上的……"

"是你母亲的记忆。"

"不可能，绝对不可能。"张者连声否认。

原本笃定的东西，开始在他的脑海里、心里、血液里轰然崩塌。

他看得很清楚：在那些记忆里，母亲分明是眼睁睁看着父亲开车冲入池塘中的，直到车子翻落下水后好一会儿，她才跳进池塘，佯装成落水后成功自救的样子。而那个时候，水已经从车窗浸没至驾驶室……

母亲没有救父亲，不是因为她没办法救他，而是她根本没打算救他，因为一些理所应当，又出乎意料的原因。

杜卿偏过脸来，看着不再镇定的客人："张先生，真相，是否如你所想般残酷？"

长生树散发出的清冷幽光中，不知年岁的男子一袭青衫，整个轮廓显得更加纤细。

张者情绪有些激动，他一把揪住杜卿的衣襟，扬了声音："不是这样的！不是！我爸妈结婚多年，感情一直很好，我爸出事，我妈怎么可能见死不救！而且当年事故发生后，警察来过，保险公司的人也来了！前前后后都调查清楚后，我们才拿到了那笔保险金！"

"唔，我可没提保险金的事。"

"可你说这些是我母亲的记忆，那不就意味着，她当年是故意投保，然后，又故意对我父亲见死不救吗！"客人歇斯底里地咆哮起来，"是，我承认，我那时确实很缺钱！但我母亲，绝不是那种为了骗保险金就去杀人的恶徒！"

"十八层地狱。"莫换忽然开口，"她想待在十八层，因为，地狱在十八层。"

张者猛地想起母亲强硬要选的新居楼层号，想起母亲躲在电梯里一整日的怪异举止，还有狭小、密闭、能让她有"安全感"的空间……她并不知道地狱的真正样子，只是凭借着自己的想象，为自己描绘出了一个受罚的空间。只有犯下不可饶恕罪孽的人，才会想着死后下地狱。

张者额头上沁出细密汗珠，从刚才起就揪着杜卿的手攥得更紧了。大概是看不过自家老板被客人欺负，莫换抽出插在腰间的一截细竹竿，重重敲在金主的手腕上，疼得他不得不松开杜卿。

那截细竹竿，勉强算是莫换的武器。但凡江湖人士，必然要有一两件撑得住场面的兵器，他原本也有，然而近些年来地铁安保越来越严格，他因携带管制刀被警察叔叔罚款多次，最后，不得不找了根竹竿来代替——严格来说，那是杜卿之前做的逗猫棒，被薅秃了后，才迎来了"第二春"。

张者实在被打的有点疼，一边给手呵气，一边后退，直到脊背抵上母亲那棵长生树的树干。

莫换用淡金色的眼睛盯着它，也不知是冲什么东西勾了勾手指，几秒钟后，隐藏在树下杂草中的藤蔓便极快聚拢而来，将一脸惊恐的客人拖入裂开的树干中。

杜卿拍拍手，称自家伙计的业务能力又提升了。

聒噪的蝉鸣，硬生生将人从睡梦中吵醒。

张者努力睁开眼，却被正午的阳光刺得双目生疼。

等一下，正午？阳光？张者浑身紧绷，立马向四周张望，并没看到可疑的人影。他揉着太阳穴，回忆起之前在444号那些匪夷所思的经历，忍不住双手合十，对着老天拜了拜。

这不拜不要紧，一拜，倒是将杜卿的声音给"拜"了出来。

"张先生，还记得这儿吗？"

"这是……哪儿？"

"是你父亲当年出事故的城郊。"

周遭的景色一点点熟悉起来，张者终于意识到，自己被母亲的长生树吞噬后，回到了她的记忆中——真相，来到这里的话，就有真相了！顾不上搭理杜卿，他举目四望，妄图尽快找到那个池塘，但离得越近，他心中就越不安。想到要撞破母亲埋藏多年的秘密，一阵强烈的恐惧感袭来。

如果一切如猜测那般，母亲当年真的没有对父亲伸出援手，甚至，她就是间接害死父亲的凶手，那么身为子女的他，是否能眼睁睁看着至亲坠入"十八层地狱"中呢？

"既然你们能送我过来，就不能再提前几天吗！让我救下我爸，哪怕让我见他最后一眼也好啊！可恶！"

"张先生，这是你母亲的记忆。"

"我知道，你不用一直强调！"

"在记忆中改变的事，不会对现实有任何影响，我们只是在帮你寻找真相。"

"杜老板，你们到底是什么人？为什么要帮我？"

"渡人便是渡己。也许，你认为我们是在帮你，但事实上，我们只不过是在帮自己罢了，可别忘了，我们是要收报酬的。如果张先生一会儿了解到真相后敢赖账的话，当心莫师傅追杀你到天涯海角喔。对吧，莫师傅？"

毫不意外地冷场了。

完全没有顾及客人的焦虑，杜卿略带不满的声音再度响起："莫师傅，莫师傅你倒是说句话啊！连一句答应都没有的吗？你身为盘古街444号里的唯一员工，面对客人质疑，居然都不给我这个当老板的捧捧场。行，以后咱家'员工食堂'里再也不会出现鱼了——就算超市打折我也不买，说到做到！"

在杜卿神神叨叨的一番题外话之后，又是短暂的沉默。

然后，张者听到了一个咬牙切齿的应答："是，我会追杀你到天涯海角。"

但是，这话好像并不是冲着自己说的？

张者没心思去纠结这些，气喘吁吁在池塘边停下，果不其然，看见了一个熟悉的身影。女人的表情复杂，似是绝望，似是无奈，紧张地盯着尚未平静的水面——是他的母亲，也只有他的母亲，这也就意味着……

"妈！"

听闻呼喊，张母回头，在看到儿子出现的那一瞬，她脸色煞白。

"我爸呢？我爸人呢？"

"你爸爸他……"

"他是不是在水里?你快说话啊!"

女人支支吾吾,目光却往池塘里落了一落:"连人带车,一起翻进去的。"

张者知道那一天发生过什么,他不敢耽搁,脱了外衣就打算下水捞人,却被母亲大声呵斥住,说这池塘深得很,水性不好的人下去就是死!而且车已经翻进去好一会儿了,人,大概是没了……

"我爸在下面啊!妈,你疯了吗!你不是会游泳吗,为什么不救他!"

"我……"

"你、你这就是在杀人!"

张母并没有觉察出面前的"儿子"与平时有不同,即便觉察到,眼下也无心细究,她红着眼睛,死活不许他接近池塘:"对,爸妈都疯了,做这种事,我们迟早会下十八层地狱!但只要你爸今天死在这儿,你就有钱了!我给你爸买了保险,买了很多,到时候,你能拿到一大笔保险金……"

果然是这样啊。

张者气到浑身都颤起来,他的母亲,果然是故意这么做的!怪不得父亲死后那些年,她会饱受良心折磨,想要东躲西藏,想要下"十八层地狱",她是自觉罪孽深重,害怕父亲回来找她啊。

"我没想到,你居然这么狠,为了钱,只是为了钱。"

"是为了你!"张母呵斥住他,"我们本想瞒着你,没想到,还是让你知道了,真是老天爷的意思啊!我怎么可能害死你爸爸呢?那也是我的爱人啊!你爸爸他、他是自愿的这么做的……"

张者脚下一顿,似是不相信自己的耳朵。身边被绝望压着的女人终于崩溃,蹲在地上号啕大哭起来。

骗保计划是张家夫妇两人一起想出来的，儿子瞒着家里借贷运营公司的事，他们早就知道了。早在几个月前，催款电话就已经打来了家里。张泽先怕儿子撑不住，跑去外面借高利贷，才想到去骗保。他这几年身体一直不好，看病吃药花了不少积蓄，已经成了家里的负担，他不想拖累儿子，也想，最后帮儿子一次。

"是爸妈没用，你别怪你爸，要怪，就怪我，我应该和你爸一起去的，但是我们又舍得不你，怕你一个人，难受。"张母的声音越来越轻，哭腔越来越重，"儿子，我和你爸做了错事，骗了钱，我们以后会一起下十八层地狱的。但是，你要好好活着……"

男人眼眶发胀，一时不知该说些什么。他如同站在薄冰之上，面对善与恶，面对错与对，前后左右，无论向哪个方向迈出一步，都会落入冰冷刺骨的水中，长眠于灵魂地狱的最底层。

所有的回忆在此戛然而止。张者被一种莫名的力量牵引着，重新回到了"这边"的世界。和他一起被"送"回家的，还有白日看中的那张拔步床——大概是为了省运送费和安装费，那位精打细算的杜老板利用午夜过后444号里的错乱时空行了个方便，直接送货上门了。

张母不知何时醒了过来，正安静地坐在木围栏后发着呆，呈现出这几年来少有的安静。

半是心虚，半是自责，妇人的心魔，便是由此而生。

他踏上拔步床的地坪，抱了抱她。

"妈，我是个生意人，虽然那时候因为缺钱借了些糊涂债，欠了我爸许多，但我还是觉得生意人得讲诚信，不该要的钱不能要。"张者顿了一下，"我们来想想补救的法子吧？今天有个生意人和我说：迷途知返这件事，永远都不会迟。"

张者从口袋里摸出一张"账单"，是用毛笔画出的二维码，粗糙却有诚意。

妇人看着他，浑浊的双眼中，有一点清亮。

那里是有一道线的，即便看不见，线还是在那里。

活着的人无论做什么，都对死掉的人没有任何影响，那些行为只不过是为了安抚自己内心的不安罢了。但是，如果活着的人做点什么，能对活着的人有所影响，那就有必要好好考虑一下了。

长生林中永远没有白日。

缺少了阳光的"引导"，偶尔几棵树木，生长得有些肆意妄为。

林中一隅，两棵树在夜色下呈现出鬼魅般的扭曲姿态：尽管树根分别深深扎于两处，树身却意外伸向了同一边，密不可分地缠绕在一起。正是因为"相拥"的姿态支撑住了沉重的树干，它们才能一直安稳存活至今。然而，朽木既不会生出果实，也不能舒展绿叶，双生树生不生，死不死，俨然一副苟延残喘之态。

这两棵长生树的树主，分别是杜卿和莫换。

他们的生命，正如这双生朽木一般，需要养料的滋润，才能延续。而所谓的"养料"，就是那些由长生树和长生树果实灼烧后留下的草木灰。

守林人并没有权力随心处置长生树，哪怕是枯死的树木。他们只能通过在现世寻找有缘人，接来"生意"，向树主们换取处置长生树的"允"，那些树干上刻有"允"字的长生树，便是既定的养料之一。

只可惜，少之又少。

他们只能不断寻找，不断寻找，不断寻找。

对于这种永远没有尽头的轮回，杜卿不止一次有过厌倦的念头。在外人看来，杜老板是那样一个热爱生活的家伙，但只有亲近之人才知晓，那副笑容下面，隐藏着疲惫又无奈的灵魂。

可是，又不能结束这一切。

双生朽木，一棵枯萎，另一棵，定然也不得保全。当意识到，自己的生死会影响到另一个人的时候，他又犹豫了，就当是为了另一个人，也得想方设法继续撑下去才行啊！莫换，莫换他应该也是这么想的吧？否则，他也不会说出"不能独活"这样的话。

不能独活啊……那就，一起活着呗。

那一晚，店里没有客人，杜卿提议去为双生朽木补充养料。体力活自然是不会让老板亲自动手的，莫换将布袋里新烧制出的草木灰，全数倾倒在双生朽木下，用手掌压实。正打算收工，却听到某人不干活还要发表感言："唉，要'等树主死亡后才能收取养料'的坑爹设定，可比那时候玩农场偷菜耗时多了。"

那个风靡一时的网页游戏莫换知道，但他蹙着眉，对杜卿的比喻很不满。

后者根本不在意他的不满。

"对了，早上张者来了一趟，你在楼上睡觉，没见着。"

"哪个张者？"

"买拔步床的金主啊！莫师傅，你记性真差。"杜卿瞟着他，"张者说，他母亲的疯病已经好转，前几天去自首了。"杜卿招呼同伴打道回府,"说实话,虽然那个'炫富狂魔'挺招人烦,但在这件事的处理上,总算没给我们生意人丢脸。"

"嗯。"

"等等,你算哪门子生意人?你是我雇的伙计,充其量,还算个镇店之宠。"

"没见过你这么抠门的老板。"

"抠门?我今天特意又去买了酸奶,有本事你别喝……"

"反正都是快过期的,说不定,是为了赠品玻璃碗才买的。"

被戳中心思的杜卿一下子就炸了毛,开始掰手指给莫换算账,说他每天当人的时候要吃三顿,当猫的时候还要吃三顿,偶尔还要来个金枪鱼罐头改善伙食,这还不算宵夜。一个每天至少要吃六顿饭的伙计,怎么还好意思和老板讨工钱?

伴着吵吵闹闹,莫换打开了回到盘古街444号的大门。

一黑一青两抹身影并肩向长生林外走去,过长的衣摆在及靴的杂草上摩挲着,发出窸窣声,期间还有玉石和金属配饰碰撞在一起的清脆低鸣……

那画面,宛如来时,宛如千年之前。

美人榻·她有一张日抛脸

"喏,特意买给你的,别再说我抠门啦!"

杜卿将手里明晃晃的物件递到镇店之宠眼前,颇有些讨好的意味。有着金瞳的黑猫伸了个懒腰,从柜台上一跃而下,落地之际已然化作人的模样,他瞅了眼所谓的礼物,冷淡地说自己并不需要。

礼物是一部手机,市面上流行的最新款,对于现代常识严重缺失的"老古董"来说,稍微有点奢侈,但"老古董"看着那块亮晶晶的板砖,还是流露出了嫌弃的表情。

无视莫换的嫌弃,杜卿开始在屏幕上戳戳点点,附加解说:"出门在外,有事找我就点开通讯录,叫外卖用这个软件,地址我都设置好了,闲着无聊也可以看视频和直播,观察一下现代人类的生活,点这个……"

"麻烦。"

"不麻烦。"

"直接喊你去做比较简单。"

杜卿没理他，盯着手机屏幕拧起眉头。

莫换这才假装不在意地看过去：视频里，一个化着精致妆容的漂亮女人边吃东西，边自顾自地对着镜头说话，毫不吝啬地说着对食物的赞美。不断有人在聊天板块发送文字，夸她人美声甜，而看她身后的建筑物，就在盘古街附近。

"她在做什么？"

"直播——啊，你就当做是人类打发时间的一种消遣好了。话说，这位主播叫'盘古街丑小鸭'，最近人气挺高的，经常推荐盘古街附近的美食和好玩的地方，我打游戏时偶尔也会去她的直播间冒个泡。我觉得，她的脸有点奇怪。"

对女人的外貌评头论足自然是不值得提倡的行为，杜卿斟酌许久，才想到了合适的表达方式：每次看"丑小鸭"直播，都觉得她像是换了一张脸，让人误以为进错了直播间。

"换脸？"

"嗯，那张脸，好像每天都不一样。"

莫换认真思索了几秒钟，冷静地分析道："这不奇怪，盘古街上那位'烧饼西施'也是会变脸的。有几次我路过，她和我打招呼，我都没有认出来是她。现在的女人很多都是会易容术的，你太多心了。"

"易容？你是在说化妆吧？"

"这两个词有区别吗？"

看着自家蠢猫强词夺理的样子，杜卿实在不忍心拆台。他自然也希望是自己多心了。

两人又摆弄了一会儿手机，天色渐暗。

杜卿自作主张帮莫换下载了一个"捕鱼达人"小游戏在手机里，还把壁纸设置成莫换正在舔爪子的黑猫照片……这种行为自然免不了要挨训，始作俑者正准备开溜，抬眼却见店门口站着个不算陌生的身影。

是那个美女主播，"盘古街丑小鸭"。她将手机攥在手里，应该是刚刚结束直播。

离开美颜和滤镜，女人依然能称得上是位美人，只是，美人脸上的妆容过于浓重，有些刻意描画的痕迹。她看了眼面前穿着宽松T恤的年轻男人，张口使唤："喂，伙计，去把你们老板叫出来，那个姓杜的……"

杜卿抬手指指自己："我就是那个姓杜的。"

她又打量了他几眼，小声嘟囔着"这么年轻""靠不靠谱""看着好穷酸""不过长得还不错"之类的话。杜卿打着"逐客令"的腹稿，低头看了眼手表，委婉地表示本店已经打烊，下一次营业时间是在午夜十二点之后，如果"丑小鸭"小姐有什么需要，可以午夜过后再来。

听到自己的ID，女人眼睛亮了亮："你们也喜欢看我的直播？"

莫换很诚实地回答："不喜欢，是视频自己跳出来的。"

杜卿猛地一通咳嗽，示意他赶紧闭嘴。

好在"丑小鸭"并没有听见，仍然沉浸在"偶遇粉丝"的喜悦中，脸上展露出笑容，连声音的含糖度都开始直线飙升，她又问："那你们有没有感觉到，我每次直播时，脸都有点儿不太一样？"

杜卿沉思片刻，很有求生欲地回答：反正，都很好看。

"不用安慰我。其实，我就是因为这件事才来向杜老板求助的。"美女主播无奈地叹口气,"我在直播时提到自己好像遇上了灵异事件,然后,有个ID叫'给猫主子递小鱼干'的粉丝给我留言说,让我来盘古街444号家具店,找一位英俊潇洒、博古通今、无所不能的杜老板……"

莫换冷哼一声,说这分明是个虚假广告。杜卿赶紧扯开话题,问有什么自己帮得上忙的地方。

他绝不会承认,那个ID叫"给猫主子递小鱼干"的家伙就是自己:那天,见"丑小鸭"直播间里人不多,他就心血来潮留了个言,没曾想,居然真的把有缘人给吆喝过来了。只能说,这是因果的必然性。

女人咬了咬嘴唇,发出了一种刻意被挤压过的声音。

"我长了一张'日抛脸',要怎么治?"

"盘古街丑小鸭",本名姜萌。虽然外表看上去才二十出头,不过据姜萌自己说,她的真实年龄已经完全可以贴上"轻熟女"标签了。她坦言之前整过容:"做了削骨,下巴里填充过假体,眼睛和鼻子都动过,嘴巴也微调过……但我脸上出的问题并非是因为整容过度,事实上,我有好一段时间没去过整形医院了,可我的脸,还是一天变一个样。"

"后遗症吗?"

"不是,我每次手术都很成功。"

"那怎么会……嗯,不稳定?"杜卿斟酌了许久,才想到"不稳定"这个词。

"是我的脸,它自己在变化。"

凭借出色的外表和幽默犀利的点评,美食主播"盘古街丑小鸭"很快就在网上收获一大批粉丝。当姜萌以为自己会告别过去、越来越好时,她的脸,却悄无声息开始有了"自我意识",时时刻刻都在发生着细微的变化。

每天醒来时,镜子里出现的,都是一张崭新的脸。

姜萌也曾以为这是整容后遗症,在反复确认自己手术所用药物和填充假体都一切正常后,她觉得,事情或许没有她想的这么简单。有知情者甚至安慰她,说"日抛脸"没什么不好,因为每一张脸都很好看、也很自然,粉丝只会以为是整容或者化妆的问题,只要她还顶着"盘古街丑小鸭"的ID做直播,他们还是能认出她来。

"我很害怕,对,很害怕!我怕我的五官总有一天会彻底失控,拼凑出一张奇怪的脸。杜老板,你说我到底该怎么做,才能控制住自己的脸?我现在照镜子根本就不认识自己,就算今天的脸再好看,也只有一天!等一觉睡醒,我又变成其他人了。虽然这个'其他人'也很好看就是了……"

最后一句才是重点吧?

杜卿心里清楚,主动前往盘古街444号求助的客人,大多会隐瞒一些重要的线索,姜萌也不例外。他想了想,劝她等到午夜十二点后再来店里一趟,只要肯付报酬,他和莫换自然会为她解答疑惑。

姜萌却不大愿意,振振有词找借口:"杜老板,你忍心看我一个女孩子家这么晚去大街上晃悠几个小时吗?要不,我就在你这店里坐一会儿好了,顺便拍些照片,帮你放到网上做做宣传,就当'探店'活动好了。"

她早就瞄上了家具店里那些古色古香的木制品,没等来允诺,就凑过去开始自拍。杜卿原本想制止,可看到姜萌认认真真的选角度、凹造型、拍照片,他忽然想起,自己的店里许久没有来过这么闹腾的客人了,倒也挺有趣,只要不碰坏东西,就由着她去吧。

前前后后折腾了快一个小时,姜萌才消停,她毫不顾忌形象地瘫在一张床不像床、椅不像椅的卧具上,一边修照片一边和杜卿搭话:"这背栏上的镂空雕花好精致啊,木头也凉飕飕的,躺着很舒服。对了,这叫什么来着?床?还是榻?"

"这叫'美人榻'。"杜卿解释道,"榛木,清作。"

"什么木?什么作?怎么写来着?你说慢点啊,等我编辑一下文案!哦,杜老板放心,我只写些和家具有关的内容,没提你们兼职在做的事——顶多再提一句,老板和员工小哥长得都很帅。嗯,就这样。"

"写吧,没毛病。"

"美人榻,美人榻……这名字可真好听。"

"我也这么觉得。"

姜萌飞快地点着手机屏幕,编写今日份的探店小记,直到发送出去后,她才抬头望着杜卿:"杜老板,你说我现在这张脸能称得上是'美人'吗?还有哪里需要修修补补,眼睛?鼻子?对了,你觉得我要不要去修一下发际线,最近听说很多明星都去做了……"

"姜小姐很在意别人的看法吗?"

"说不在意肯定是假的。"她直言,"毕竟脸这种东西,本来就是要给别人看的嘛。"

姜萌心里很清楚,如果用整容前的那张脸来做直播,就算自己推荐的东西再好吃,评价再中肯,也不会有人喜欢她的——为了得到更多人的喜欢,她不得不在意别人的看法,也希望,人人都觉得她是个美人。

"你的话,让我想到了一个关于'内在美'和'外在美'的辩题,所以这种事情,大概是要因人而异吧。"杜卿圆滑地将客人的问题又抛了回去,"我只是没想到,姜小姐本人和做直播时那位'盘古街丑小鸭',性格差异还挺大的。"

姜萌尴尬地笑笑,说工作需要,工作需要。

其实在学生时代,她也曾以辩手的身份去参加过校辩论赛,那一次的辩题,就是"内在美和外在美",那是她第一次发现外貌的重要性:一个丑女拿着话筒站在舞台中央,滔滔不绝向大家论证"内在美"更重要——这本身就是一件毫无说服力的事情。

因为,根本没有人认真听她到底在说什么。

人为什么会有美和丑之分呢?人又为什么会将美和丑当做衡量另一个人的标准呢?明明知道这样不对,但却无力改变,因为他们第一眼看见的,就是那张脸。

姜萌被贴上"丑女"的标签,湮灭在芸芸众生之中。

再后来"丑小鸭"两耳不闻窗外事,一门心思扑在学习上,漂亮的成绩单逐渐掩盖她外貌带来的自卑。在拿到重点大学的录取通知书后,"丑小鸭"终于扬起头,长长地、长长地舒出一口气,想着自己或许应该扑打翅膀,向着天空试飞一次了。

她想对一个暗恋了三年的男生表白。

那天,姜萌换上自己最喜欢的一条连衣裙,还特意去理发店做了头发,化了淡妆,鼓足勇气,才在聚餐结束后将心仪的男生拦了下来,男生惊愕地看着她,问有什么事吗?姜萌直言心中所想,希望两人可以试着交往。

"你怎么会喜欢我？"

"刚入校时的那场辩论赛，只有你认真听完了我的辩词，还给我鼓掌。"

男生露出复杂的表情："姜萌，我对这件事毫无印象，可能正巧在发呆，被你误会了。"

姜萌没有想到，自己生平第一次表白，会得到这样的回应。她并没有生气，甚至感谢他的诚实，但又觉得，那样的诚实有些伤人。

后来她又听说，男生还将自己向他表白这件事，当做笑话告诉了其他人，他说姜萌这个姑娘性格其实挺好的，可惜脸长得太丑了，实在是太丑了，如果她去整个容，丑小鸭变白天鹅，说不定还能考虑一下。

虽然只是一句玩笑话，姜萌却听进了心里。那个暑假，她找了全市最好的整形医院，做了双眼皮手术。手术是局部麻醉，在手术过程中大脑也能清醒着。躺在手术台上的姜萌反反复复地回味着那句"脸长得太丑了，实在是太丑了"。她想，等做完这个小手术，自己或许就能得到其他人的喜欢了。当然，也包括那个男生的喜欢，不用太多，一点点就好。

等到伤口恢复后，她看着镜子里那个勉强达到"普普通通"的自己，仍然不满意，更多的声音开始往她的心里钻：眼睛是比之前好看一些了，可鼻子和嘴呢？下巴、额头、还有脸型……依旧丑陋无比。

那些"部件"敷衍地堆砌在她的脸上，根本无法称之为美。她越看越厌恶，越看越想将自己的脸撕下来，彻底换掉。姜萌想，一点点喜欢是不够的，她要所有人都喜欢她……

终于，女孩拿起手机，再度拨通了整形医院的电话。

女生修照片，那可是个正儿八经的体力活。在444号里发完探店小结后，姜萌累得睡着了。在梦里，她想起了很多事，可梦里的女主角又丑又自卑，像一只无人理睬的丑小鸭，和现在光芒四射、一呼百应的美食博主完全不似同一个人。

等她从美人榻上醒来时，已经过了午夜。

也不知这盘古街444号里究竟有什么神通，姜萌发现，店内的陈列、布置，都不同于先前那般，而是考究得像一间古代大宅，每一处细节都值得玩味。她心中暗暗称奇，忙不迭摸出包里的手机打算拍照，可惜还没来得及点开软件，就被人伸手挡住了镜头。

冰冷的男声在她头顶响起："不要惹事。"

被那声颇具杀气的警告所震慑，姜萌悻悻收起手机，摆出无辜的笑容。

拦下自己的正是白天那位身材和脸都无可挑剔的帅哥员工，不过，男人此刻穿着一身窄袖劲装，像是古装戏里的江湖人士，和这间"古宅"倒是相得益彰。紧接着，他的声音有了些许慌乱："喂，你的脸怎么……"

姜萌伸手摸摸自己的脸，波澜不惊："我的脸，是又有变化了吗？"

莫换点点头。

"也对，现在已经过了十二点了，既然是新的一天，日抛脸也该换了嘛！帅哥，你找我是有什么事吗？还是说，想加个微信？先说明白啊，我的微信号可是很贵的，平日要刷一个火箭才能给别人呢！"

莫换没说话，准确来说，他是完全没听明白。

姜萌眨着涂满睫毛膏的眼睛，黏上莫换似的，起身就跟着他走，心里止不住感慨：冰山系好棒……

房间最深处，那只棺材似的巨型衣柜两扇木门左右大敞开着，其中所呈现出的景象，是一座散发着幽绿色光泽的森林。杜卿一袭青衣长衫，挥袖驱散了周遭浓雾，若隐若现的身姿，犹如谪仙之人。

"杜老板，你这身打扮也很不错啊！有没有兴趣混古风圈？儒雅君子，气质如兰。啧啧，这个属性最近超受欢迎的！然后这位帅哥，可以走霸道总裁的路线，嗯嗯？"姜萌本能地想去摸手机，在对上莫换足以杀人的眼神后，她立马打消了这个念头，"我就是开个玩笑，哈，开个玩笑。"

"他？霸道总裁？"杜卿笑的前俯后仰，"霸道伙计还差不多。"

听出语气中的鄙夷，"霸道伙计"缓缓抄出家伙，"儒雅君子"立刻敛起笑容，将一张画好二维码的宣纸塞进客人手里："这单生意，我们算是接下了。这是姜小姐需要支付的所有报酬：这里有帮你确认'病因'的费用，也有那张美人榻的钱——按照本店规矩，客户长时间试用过的商品一概视为售出。"

"杜老板，你这是强买强卖哇……"

"唔，可我给你打了本店从未有过的超低折扣，要不要？"

"这也成！要！"姜萌很快又高兴起来，"几折啊？"

"九八折。"

"……真抠。"

姜萌从来没有想过,自己的生命,会以一棵树的样子出现在一座匪夷所思的森林里。

按照杜老板的说法,所有症结与病因,都藏于树上的因果之中,只是有些藏得太深,没有被树主发觉,有些是已经发觉了,却迟迟不肯承认。作为单细胞生物,姜萌并不能大彻大悟,她站在自己的长生树前,看着记忆发呆。

她的回忆,大多都和纱布、消毒水和手术刀有关——光是看到那些东西,她就觉得脸上一阵又一阵的疼痛。

画面里的人,有些像她,有些又不像。

姜萌隐约觉得,自己那张失控的脸或许和频繁整容有关,只是她刻意无视罢了:"杜老板,说出来不怕你笑话,我本来还以为是恶灵、妖怪,或者一些不干净的东西在作祟呢!之所以会到444号家具店来,我想,你们或许是兼职除魔驱邪的道士。"

"唔,我们比道士高级一点。"

"天师?驱魔师?总不会是大罗神仙吧?"她盯着莫换插在腰后的细竹竿,"或者,霍格沃兹魔法学院毕业生?"

"……想多了。"

姜萌耸耸肩,不再纠结这个问题。

她伸手指着一枚枚果实,努力辨认:"这是我做鼻子时的记忆,医生告诉我,要将假体塞进皮肤里面,我当时觉得特别可怕!不过,做出来效果很好,假体和我的身体也没有什么排斥反应;他们说,如果我想变得更好看,可以继续填充。后来我又往下巴里塞了点东西,变成了很上镜的瓜子脸。"

"这是做削骨时的记忆——这个手术很危险,我那时不知到底在想什么,别人说我骨相不好看,我便脑子一热,就上了手术台。"

"那段记忆是……啊,是我在成为主播后,第一次去整形医院!其实,我对当时的脸还挺满意的,但有个粉丝留言说我额头不够饱满,就为了那家伙的一句话,我竟然又跑去打了玻尿酸填充。"

姜萌说着说着,自觉闭上了嘴。

她想起来,自己每次去修整那张脸都是因为听到了别人对她的评价,那些声音,一直影响着自己对"美"的定义。

每天临睡前,姜萌都有照镜子的习惯,可面对镜子里足以称得上美的那张脸,她仍然觉得不够满足:要是欧式双眼皮就好了;要是鼻子能再小巧些就好了;最近好像流行厚嘴唇呢,要是能变成那样就好了……她的脸,大概同样听到了那些声音,所以才会擅自做主,开始不断变化。

有了第一日的"变脸",自然就有第二日、第三日……

一日复一日,一心想要成为白天鹅的丑小鸭,如同掉进一个漩涡之中,无论怎样拍打翅膀也无法飞翔,只能跟着四下涌来的留言旋转,无法泊岸。

丑小鸭的故事之所以深入人心,是因为没有人知道,丑小鸭后来会变成白天鹅。连丑小鸭自己都不知道,它才会一直拼命努力,渴望收获别人的爱——最后,它也的确得到了想要的一切,甚至美丽的外表。

如果,它从一开始就知道自己可以变成白天鹅,还会去做多余的事吗?

"你看,这像不像一直为大家探店、写攻略、介绍美食和景点时的你?即便没有美丽的外表,你也依然能得到很多人的喜欢啊!更何况,又不是所有人都喜欢白天鹅,有人喜欢孔雀的华丽,有人喜欢苍鹰的雄健……他们说、别人说、粉丝说、大家说,在那些外来的声音里,你可有一次,听到过自己的声音?"

"我不知道……"

"爱美之心,人皆有之,你可以随自己高兴改变容貌,这本不该成为'恶因',可若在旁人的声音中丢失了自己那颗本心,便会陷入迷途。"

姜萌怵在原地。

杜卿的手里像是握着把手术刀,冰凉的刀刃一点点切割开她的皮肤,直达心尖。

他还说,因为大家都喜欢美丽的白天鹅,于是千方百计去成为白天鹅。有这种想法的丑小鸭,一定过得很痛苦吧?即便它拥有了美丽的外表,但那只总是记挂着别人眼光的白天鹅,真的能飞离困住它的沼泽么?

飞不出去的啊。

无论怎么挥动翅膀,还是只能活在其他人的目光中。

姜萌再度抬起头,在长生树浓密的枝叶中搜寻。

片刻后,她望向两位守林人,郑重地说:"请将我送回到那段记忆里,可以吗?我想把想明白的一些事,传达给那只丑小鸭。"

走廊里总是充斥着消毒水的味道,这是姜萌讨厌医院的原因之一。

在"叮咚"的电子音响起后,广播中终于传来了她的名字:"姜萌,下一位,请姜萌小姐做好准备……"

姜萌清楚地记得，那年的夏天，她被喜欢的男生拒绝，一气之下偷偷跑来医院做了双眼皮手术，想要改头换面，重新做人。听到叫号后，她本能地想要上前，然而，原本坐在前排长椅上的女孩却忽然站起身，朝着医疗室的方向不停张望。

她顿时明白过来，那个女孩才是在等候手术"姜萌"，而顶着一张"美人脸"出现在这里的自己，不过是个路人罢了——长得很好看的路人。

她想了想，跑去女孩身边坐下，与她搭话道："别紧张，只是个小手术。"

女孩点点头，由衷地赞美："姐姐，你的脸可真好看。"

"毕竟，我在这张脸上花了那么多钱，浪费了那么多时间，打了那么多针，挨了那么多刀……要是这样还不好看，那老天真是待我太不公平了。"姜萌坦然承认，顺便用手指在脸上画了个圈，"我的脸上没有一处是原来的样子，连你也不认识我了。"

如果姜萌没记错，这两个"她"之间的年龄不超十岁，要是自己没有毫无节制地去整容，女孩应该很轻松就能猜出她的身份。可是，女孩并没有认出十年后的自己，她将姜萌当做病友，甚至开始询问有关她整容的细节。

"我也想有一张像姐姐这么好看的脸，吃再多苦也没关系。"

"就因为可以得到更多人的喜欢？"

"是啊，难道姐姐不是因为这个原因才去整容的吗？"

"原本是的。"姜萌顿了一下，"可是，后来有人提醒我：天底下有那么多的'他们''别人''粉丝''大家'，无论我的脸变得多好看，也没办法让他们都喜欢，我小心翼翼地听着他们的声音，一点一点修补自己的脸。也许是因为整容次数太多了吧，我的脸,终于有了自己的想法,从那之后,我就……再也不认识自己了。"

姜萌的话音刚落,几乎完美的那张脸,立刻开始产生异样,她的皮肤下似乎有什么在涌动,随即,眼睛、鼻子、嘴巴……每一处五官,都开始以肉眼可见的速度变化形状,尽管都是美人的模样,但一张一张新脸生成后又迅速掉落,着实诡异。

就像一本日历,被人一页一页撕扯下来。

所谓"日抛脸",大概就是如此的东西吧。

女孩尖叫着想要逃跑,姜萌伸手将她拉住:"抱歉,吓到你了,不过下一次,如果还有下一次的话,请一定要认出未来的自己啊。"

"你什么意思?"女孩浑身发颤,"你是说,你是……我?"

"步入迷途的你。"

"我以后,会变成你这个样子?"

"如果我不来找你的话,或许是这样,但现在不会了。"

姜萌俯身过去,在她耳边小声说了几句话。

女孩不可思议地看着眼前这位美人姐姐,还想问些什么,但整形医院的接待员却礼貌地呼唤着她的名字:姜萌,请问姜萌小姐在吗?请进来吧!她应了一声,起身匆匆向诊疗室走去,可没走几步,又回头望了一眼。

然而,那位美人已不知去向。

只有轻柔却坚定的声音,似乎还回荡在充满消毒水味的走廊里。

她对她说:"千万别迷路啊,丑小鸭。"

空旷的座位上,有一片洁白的羽毛遗落。女孩在原地站了一会儿,最后对着空气点点头,说了一个"好"字。

美食主播"盘古街丑小鸭"已经停播了很长一段时间。她在网上挂了公告,说是暂时休息。

人气正盛的美女突然"退隐江湖",不少八卦人士纷纷猜测其背后的故事:有人说她是整容后遗症爆发,脸已经彻底毁了,没办法继续胜任主播的工作了;有人说她是嫁了豪门,因为她发布的最后一篇探店小结是在盘古街的某个家具店里,疑似在为豪宅选购家具,后半辈子都有了着落,没必要再抛头露面……

好在,网络上永远不缺新鲜事,"盘古街丑小鸭"的消失,就像一阵清风过耳,很快便被网友们遗忘了。直到三个月后,才传出重新开始直播的消息。那时的姜萌换上了新的ID,叫做"盘古街白天鹅",大有一切从头来过的意味。

杜卿趁着打游戏的间隙,忍不住点进直播间看了眼。要不是看见了自己店里卖出去的那张美人榻入了镜,他还以为自己又走错了直播间——那女人,居然又换了一张脸?不过这次的脸,是一张不算特别漂亮的脸,甚至,还能稍稍看出记忆中女孩的模样。

"白天鹅"很坦然地告诉粉丝说,自己在休息的三个月里,去整形医院将脸上填充的假体全部都取出来了,能够修复的地方也做了相应的修复,以后绝对不会出现"日抛脸"。

网友的反应并不算温和,留言区一下子涌现出许多对她的质疑。

"以前是女神,现在太普通啦!粉转路人!"

"说实话,比原来丑多了,上镜也不好看,主播为什么想不开……是不是出现了整容后遗症,才不得不将假体取出来啊?网上传闻难道是真的?"

"你是不是嫁人啦?有人说看到你在盘古街买家具!"

姜萌故意苦着一张脸,惨兮兮地说传闻都是假的,不过,盘古街444号家具店倒是值得去逛一逛,且不说里面家具如何,两位帅哥真的是十分养眼……

被知名美食主播点名表扬,杜卿抱着手机笑到发颤,连刷了几个礼物。刷完又有点后悔——好贵。

姜萌认出那位"给猫主子递小鱼干"是之前的粉丝,便闲扯了几句,和粉丝们聊起养猫的话题。杜卿忍不住留言,说自己刚在给家猫做的猫饭里撒了点胡椒粉,作为今天咬断网线的惩罚,这会儿,那蠢猫应该在疯狂打喷嚏吧……

大概是四海之内皆猫奴的原因,此话题一出,直播间气氛很快又活跃起来。

杜卿咂咂嘴,觉得自己这个救场,十分稳当。

屏幕里的主播恢复了往昔的笑容,渐渐和大家说笑成一团。也许不需要多久,那只曾经迷失的丑小鸭就回来了,也许,她永远都不会再回来。但是,会有一只白天鹅会替她高高飞过天穹,飞到那沼泽之外的地方,看看新的风景。

无意间瞥到的刷屏留言,令力挽狂澜的暖场英雄惊出一身冷汗。

那人说:有事,滚来,在二楼。

444号家具店是个商用小二楼的结构,一层是柜台和家具展示区,二层则是杜卿的卧室以及厨房、卫生间和餐厅,还有一个小仓库。因为空房间不够,镇店之宠每天只能在一楼随便找张床睡觉,或者变回猫，苦哈哈地去猫窝里小憩一会儿。

看到"二楼"这个词的时候，杜卿本能地一愣，而且，这个发言的排序用词断句，怎么看都像是个不经常打字的家伙，难道说……

他心情忐忑地搜了下发言人的ID，头皮一麻。

完蛋，是"猫主子"。

八仙桌·怪胎的最后一通电话

还未入秋,风中却已有凉意。

悉心布置过的小院子里,一家老小正围坐在崭新的八仙桌旁。今天,是杨卫忠三十五岁生日,桌上的饭菜明显比平日丰盛许多,四岁的小儿子盯着摆放在方桌正中央的奶油蛋糕,奶声奶气地拍着手,说祝爸爸生日快乐。

妻子将切好的蛋糕盛进纸盘里,依次递给每个人。

六岁的女儿却仰起脸,奶声奶气地提醒道:"妈妈,少了一块……"

女人觉得很好笑,但依然耐心解释道:"没有少啊,囡囡你好好数一数——爸爸、妈妈、爷爷、奶奶、弟弟和你自己,切六块蛋糕不是正好吗?"

"不对!小哥哥还没有呢!"

"什么……小哥哥?"

女孩指指杨卫忠身边的空缺:"就是一直坐在爸爸身边的小哥

哥呀。"

两位老人慌忙捂住孙女儿的嘴,责备她"不要瞎说",可女娃儿挣脱他们的手,说自己没瞎说,爸爸身边就是有个小哥哥。听了姐姐的话,被杨卫忠抱进怀里的男娃儿也扭头看了看,接连叫了好几声"小哥哥",将自己手里小叉子上的蛋糕,喂给一个压根不存在的人……

寿星的笑容凝固在脸上,背后有一股莫名的寒意升起。他坐在条凳中间,身边并没有任何人。

有人说,这世上有些东西,只有心灵澄澈、未经过世俗污秽的小孩子们才能看得见。意识到这一点后,杨家几个大人都铁青着脸,僵坐在那里。沉默许久之后,杨卫忠才开口问女儿:"囡囡,爸爸身边的小哥哥长什么样子?"

女孩歪着脑袋,又盯着杨卫忠身边的"空气"看了几眼,认真地说:"小哥哥的皮肤很白,但是头发有点乱。这里,眼睛旁边有一颗痣。爸爸,小哥哥他在对你笑呢。"

妻子呵斥住女儿,硬拽她进屋去了。两个老人见状,一脸恐慌抱起孙子也跟了进去,嘴里还神神叨叨地说着,明天要请人来家里作法。院子里只剩杨卫忠一人,他不敢再坐回到八仙桌边,蹲在水泥池子旁,一根接一根地抽闷烟。月光铺洒在男人略显沧桑的脸上,将五官勾勒得分明,若是在十几年前,这定然是一副好皮相。

安抚好一双儿女,妻子出来劝丈夫别多想,小孩子喜欢瞎说很正常。

"囡囡六岁了,不会和我们开这种玩笑。"

"你说这话是什么意思,难道你也觉得……"

"我在耀城上中学那会儿,确实有个同学就长那样:白白净净的，卷头发，眼睛旁边有颗痣，说话细声细气的。"杨卫忠吸了口烟，声音陡然转低，"听说他早就死了。"

没理会妻子紧张的表情，杨卫忠随手将烟屁股扔进花坛，目光又不由自主瞟向那张八仙桌——眼角有痣的少年仿佛仍坐在那里，冲他微笑。

几乎被遗忘的记忆竟全数翻涌上心头，男人猛地站直身子，脸上带着些焦躁和窘迫，穿上外套就往门外走。妻子追上去，不满地问："都这么晚了，你还要去哪里鬼混？"

"盘古街444号。"

"盘古街……是咱们买八仙桌的那个家具店吗？你去那儿干吗？"

"去问问那个姓杜的老板，到底卖了个什么玩意儿给我。"

杜卿做梦也没想到，今晚午夜过后，会有"回头客"上门。

不过，与其说那家伙是来交易的，倒不如说……这位客人是来闹事的。

男人脸色蜡黄，深凹的双眼中布满血丝，一副萎靡不振的样子，一看就是揣着心思。大概是为了给自己增添些底气，他推开444号大门就直奔屏风后，把正在百无聊赖玩算盘珠子的杜老板给拉起来，将自己遇上的灵异事说了一遍。

"再见故人，不是件挺好的事儿吗？"

"被死人缠上，你和老子说这是好事？"客人的火气还没有消，并且大有越烧越旺的趋势，"你小子不要装神弄鬼的，别以为穿件影楼搞来的戏服，就能冒充神仙了！骗骗别人还差不多，我不会上你的当！"

杜卿很无奈,曾几何时这身也算是自己最好的行头,怎么到了现代人眼中,就变成廉价又没品的"影楼戏服"了呢?真是不懂行。

杨卫忠继续咬牙切齿,半是警告半是威胁:"反正,那桌子是我从你这儿买的,你就得给我负责——赶快想办法把那家伙从我身边弄走,不然我就退货!妈的,一张破桌子,花了老大价钱!要不是我岳父岳母中意老物件,老子才不会当冤大头,买个二手家具!"

像示威一般,他随手抓起身边的高脚花几,狠狠砸在地上,碎裂的木片飞溅出去,不偏不倚擦伤杜卿的脸……然而,杜老板却如丧考妣地瞅着那只"粉身碎骨"的花几,如同看着被撕碎的百元大钞。

一场好眠被扰,黑影从角落里蹿出来。

凄厉的猫叫声过后,莫换侧身挡在自家老板身前,借着昏黄烛光凑过去瞧看杜卿脸上的伤,冷不丁发出声音:"他弄的?"

"没事的,小伤,明早找个创可贴。"

"你出事,连累的人是我。"

"喂!你别动手,我没钱付客人的医药费……莫换!莫换你冷静点!"

可惜,这样毫无威慑力的劝说根本没办法阻止那家伙上前揍人。杜卿顿时痛下决心,明天就在门口挂上"内有恶猫,请勿挑衅,如有误伤,后果自负"的牌子,和他撇清关系。

那杨卫忠平日里做的是体力活,力气奇大,也不是省油的灯,可即便如此,还是被几招打趴下了,被莫换用不知从哪里翻找出来的粗麻绳牢牢绑在椅子上。

畏强凌弱，大概是人类的本能。

意识到自己磕上一块硬石头，原本还张牙舞爪的杨卫忠很快就服帖了，开始慢条斯理和两个男人讲道理："喂，你们这是黑店吗？卖的破桌子给我家招来了不干净的东西，我还没和你们算账呢，居然还绑架顾客？我不管，反正，八仙桌那事儿你们不给我解决掉，我就……我就打12315去投诉你们！"

莫换放下茶杯，扭头望了他一眼，抬手去摸插在腰后的细竹竿。

转眼，叫嚣着要去投诉的客人立马又没了声音。

倒是杜卿来了兴致，拿起案几上的算盘噼里啪啦打了一通："杨先生说的有道理。谈正事之前，咱们是该好好算笔账——那花几看样子是修不好了，损坏店内商品的赔偿金，还有我的医药费和精神损失费，一共是两千七百六十三。算你两千七好了，至于一会儿送你去见林骁的报酬，这个得另外算。"

杨卫忠怔怔地看着他："你怎么知道'林骁'这个名字？"

"木头知道的，我都知道。"杜卿笑笑，"但按照你自己的想法，你们两个并没有多少交情。"

"是，没错，我和林骁并不熟，连朋友都称不上。"被绑在椅子上的男人垂着脸，若有所思，"他从耀城搬到省城后，我们就几乎没联系了，甚至连他的死讯都是我后来和其他朋友聊天时才知道的。我实在想不通，这么个人，为什么要来缠着我？"

"这些只是你的想法而已，但事情总有两面性——特别是人心这种东西，往往只有当事人自己清楚。"见时机差不多，杜老板的狐狸尾巴终于露出来，"所以，杨先生是否愿意支付一点小小的报酬，回到过去，读一读人心呢？不过，在此之前，希望你能多和我们说些林骁的事。"

杨卫忠瞪大眼睛看着眼前年轻的家具店老板,鬼使神差地点点头。

杨卫忠出生的地方,叫做耀城。

虽然带着个"城"字,但事实上,那不过是个不怎么富裕的小镇,就算周围城市发展得再迅猛,这地儿也沾不上什么好处,依然安安静静地穷着。对于出生在这种小镇里的年轻人来说,除了拼命读书,没有第二条出头的路。

杨卫忠的舅妈是镇上的小学语文老师,因为房子里离学校近,索性就在自家办了个"小餐桌",家里条件不错的家长会让孩子每天放学后去吃饭,每个月交些伙食费,孩子吃得放心,自己也能省心。

杨卫忠上三年级那会儿,就被父母送去了"小餐桌",从小学三年级到初中三年级,他算是吃腻了舅妈家的饭菜。

初一那年,他认识了来"小餐桌"吃饭的林骁。

杨卫忠记得很清楚,那时候,舅妈家有一张四四方方的八仙桌,当时来吃饭的孩子一共八个,五个男孩,三个女孩,吃饭和写作业时,他们就两两围坐在八仙桌周围。

在懵懵懂懂的年纪里,男孩对女孩向往又好奇,他们想和女孩接近一些。有男孩提议,咱们一男一女各坐八仙桌一边吧,俗话说得好:男女搭配,干活不累!这个提议很快得到了大多数人的响应,但男女人数不搭,总有一对儿凑不齐。

杨卫忠当然也想和女孩坐在一起,但那时他的个头比同龄的男孩要高大许多,又是班里的班长,班长自然要高风亮节,舍己为人，于是，他每次都主动和落单的林骁坐在一起。

那个皮肤苍白、有着一头软绵卷发，眼睛边有颗痣的男孩告诉其他人，说自己害怕女生，总觉得她们很可怕。其他男孩听罢哈哈大笑，说林骁你这么怂，以后肯定讨不到老婆。

起初，杨卫忠也觉得林骁很奇怪，后来他从舅妈那里听说，那家伙是在单亲家庭里长大的。他的母亲在经历两次失败的婚姻后，便一门心思扑在事业上，撑起整个家，但不知为什么，她对亲生儿子非打则骂，态度苛刻，这才导致林骁对异性产生了一种敬而远之的恐惧感。

大概是出于同情，又或者是别的原因，再听到有人笑话林骁是个害怕女生的怪胎时，杨卫忠总会第一个站出来，用拳头让人闭嘴。

他不过是做了班长应该做的事。却不知，那时的自己，已然成了林骁眼中的一道光。

初二那年，"小餐桌"又来了几个新同学，其中还有杨卫忠偷偷喜欢了很久的校花。人多了之后，原先那张八仙桌就坐不下了，舅妈去旧货市场又淘了一张桌子回来。

那天中午，杨卫忠再顾不上"高风亮节"和"舍己为人"，拎着书包就往校花旁边凑，没想到却被林骁喊住了，他小心翼翼地扯着杨卫忠的书包背带，轻声说："我想和你继续坐在一起……"

杨卫忠愣了一下，没说话。

"我想和你继续坐在一起。"林骁又重复了一遍。

这一回，他倒是有些生气了："你不能和别人坐在一起吗？"

另外几个男孩听见了，为了讨好班长，便指着林骁开起玩笑："卷毛，你难道没听人说过吗？总坐在八仙桌同一边的两个人，长大以后是要结婚的！你就不能成全一下卫忠吗？你总和他坐在一边，是打算以后当他的媳妇儿吗？"

林骁满脸写着无措，咬着下唇，一会儿看看这个，一会儿又看看那个，不知他们说的究竟是真是假。而杨卫忠想看校花听到这种"玩笑"后会有何反应，故意没有制止。

林骁想，这个关于八仙桌的传说，或许是真的吧？

他低低应了声："我……我愿意当卫忠媳妇儿的……"

十几岁的孩子自然懂得"结婚""当媳妇儿"这些词是什么意思，所有人都愣住了，然后，男孩女孩们开始对着两人指指点点，发出轻蔑地笑。杨卫忠没想到会逼出林骁这么一句话，顿时涨红了脸，老半天才上前一步，一把将林骁推倒在地，嫌弃地说："呸！谁要和你一个男的结婚！林骁，你真是个怪胎！恶心！"

所有人都笑起来，指着林骁喊"卫忠的媳妇儿"。

林骁红着眼睛从地上爬起来，低着头，拍了拍衣摆上的尘土。他抓起书包，平静地离开了"小餐桌"，单薄的身影像是秋日里被风卷落下来的枯叶，无助却仍带着最后一丝骄傲。那天之后，他再也没有来过杨卫忠的舅妈家里吃饭，也再没有和杨卫忠说过一句话。

年少时的摩擦，总是很快就被抛在脑后。对于林骁的疏远，杨卫忠并没有放在心上，他甚至在背地里和其他人调侃说林骁这家伙忒小心眼，和个娘们似的，一点玩笑都开不起。但每次他坐在舅妈家的八仙桌边，总会忍不住想：那个想要给他当媳妇儿的小卷毛，不知道今天中午会在哪里吃饭呢？

原本以为不会再有交集的两人，却在高中时分在了同一个班级。

杨卫忠凭着身高和力气，在男生中有着绝对的领导权。但这一次，他没混成班长，而是混成了班里的"大哥"。当其他男生围着大哥打转时，那个默不作声的卷毛，却抱着自己的教科书和笔记本，远远地躲开他。

一次、两次、三次……杨卫忠终于开始觉得林骁很碍眼。

他想自己又不是女生，那家伙怕个什么劲？！

有一次，杨卫忠和几个男生逃了体育课，在教室里打牌，打无聊了，就琢磨着策划场恶作剧。在杨卫忠的提议下，他们翻出林骁当宝贝似的笔记本，一页一页撕下来，摆放在班里女生们座位上，期待着看到他哆哆嗦嗦向女生讨要东西时的怂样……

很快，就有人就发现了"笔记本"里的秘密。

那不是笔记本，而是林骁的日记本，里面满满当当记录的都是有关杨卫忠的事：杨卫忠今天迟到了，被班主任罚站两节课；他今天踢球去了，好像还受了伤，不知道疼不疼；他今天请了半天假，说是生病了，可是我放学时路过学校附近的游戏房，看见他在打电动……

几个男生一边看日记，一边毫无遮拦地说起种种猜测：

"林骁这家伙，该不会是……喜欢老大吧？我想起来了，有人和我说过，林骁以前自己承认过，愿意给杨卫忠当媳妇儿的！厉害了……"

"噫，看不出他居然是这种人！老大，你要挺住！"

"心理变态啊！不过话说回来，你们有没有觉得，林骁长得像女孩……"

"是啊，是像女孩子！你们说，他会不会没有那个啊？"

"哈哈哈哈，你怎么能这么说卷毛——万一，他真没有那个呢?"

忽然间成了众人焦点的杨卫忠有些尴尬,他忽然想起初中时舅妈家里的那张八仙桌,想起曾经和林骁坐在一起吃饭写作业的日子,想起那个并不怎么友好的玩笑……

体育课通常会提前解散,在下课铃声响之前,所有人都陆陆续续回到了教室里,大家都看见了林骁的日记,开始议论这个"惊天秘密"。当事人像一只无助的小兽,强忍着逃走的冲动,低着头,找到那些叽叽喳喳的女生,将自己的日记一页一页讨要回来。

还有几页,在杨卫忠手中。

最后,林骁走到他面前,用几乎听不见的声音说:"还给我吧,卫忠。我不是故意写这些的,我只是、只是……"

只是情不自禁。

杨卫忠将手里几页纸撕成碎片,嫌弃地扔在地上,还踩了几脚。

他说:"林骁,你真恶心——他们说得没错,你就是个怪胎。"

耀城太小了,真的太小了。

林家小子喜欢男孩这件事,像瘟疫般一下传开了,更是被添油加醋说成了许多版本,但无论在哪个版本里,林骁都是那个不可能被接纳的怪胎。

班主任找林骁谈话,也找他的母亲谈话。林母虽然婚姻不幸,但好歹有些家底,算是镇里的体面人,可越是体面,就越容易引来妄议,越来越多的妄议,很容易击溃一个神经敏感的人。

她当着班主任的面,狠狠打了儿子一顿,用高跟鞋跟敲在他身上，用牙齿咬，用手掐……林骁始终不吭声，默默忍受着一切，直到那女人歇斯底里地冲他大叫：我怎么生养了你这么个怪胎！

怪胎，怪胎，怪胎……

那个词在他的脑海中盘旋着，林骁终于红了眼睛，忍不住哭出声来。

乖巧懂事又上进的儿子，原本是那个单身女人的骄傲，但现在，骄傲变成了被人嘲笑的污点。林母忍无可忍，将盘下的几间小店铺转了手，带着林骁离开了耀城，搬去了省城。

杨卫忠在那之后的一段时间里，也成了别人的调侃对象。

他们说杨家那小子，虽然脾气大了点，性子野了点，但好歹有副好皮相，不光招女孩喜欢，也招男孩喜欢。杨卫忠刚开始听到这话还会生气，可随着林骁的离开，提这茬的人越来越少，他也就渐渐不当回事了。有时，在大排档和狐朋狗友喝酒上头了，还会得意洋洋地自己提一句：当年，还有男生喜欢老子呢。

再后来，远方传来了林骁的死讯。

故事听到这里，莫换问，人是怎么死的？

和杜卿不同，在客人们或喜或悲的故事里，他的关注点总是很特别。

"这具体经过嘛，我也不太清楚，我多少年没见过林骁了，怎么可能清楚！"杨卫忠回答，话语间带着一点急于撇清关系的味道，"我听说林骁身体一直不太好，动不动就要吃药，有次犯了病晕倒在铁轨上，然后，被火车活活轧死的……"

"去铁轨边玩？"

这话是莫换问的。在他看来，现代交通工具都是极度危险的东西，连带着和现代交通工具有关的一切，都让他打心底里厌恶。

被他这么一问，杨卫忠也开始怀疑传闻的真实性："可是，我确实听人这么说的啊，难不成你们在怀疑——他的死和我有关？真的不是我，和我没关系！我都说了好几遍了，他搬家后，我就没再见过他！"

杜卿逼问一句："真的，一点联系都没有过吗？"

这一问，让被困在椅子上的男人略微有些慌神。他犹豫了一下，又说："其实，我有接到过一个从省城打过来的电话，但我不确定是不是他，反正，接通后没人和我说话，我问他是不是林骁，那边也没有人回答。"

"然后呢？"

"然后，我、我骂了一句'怪胎'，他就把电话挂了……"说到这里，杨卫忠又开始在椅子上挣扎，"这不重要吧？林骁怎么死的，也不重要吧？我现在只后悔，为什么要买那张八仙桌，都是那张桌子，才把那家伙招回来的，都是那张桌子的错！杜老板，这事儿你也有责任，无论如何你得帮我把他赶走。我上有老下有小，还想好好和老婆过日子呢！总不能，由着自己身边多出个莫名其妙的'人'吧？这都算什么啊！"

"闲聊到此结束。"一袭青衫的男人搁下手中的毛笔，慢悠悠站直了身子，将一张画着二维码的宣纸塞进杨卫忠口袋里，继而转身招呼了同伴，"莫换，开工。"

杨卫忠是被绿皮火车的鸣笛声给唤醒的。

他睁开眼就看见湛蓝的天空和白云，而自己，正以一种怪异的姿势，不怎么舒坦地躺在铁轨中间——他想起来了，自己是被那个很能打的黑衣男人连人带椅子扛进了一个奇怪的树林中，然后，姓杜的家具店老板对着一棵枯树神神叨叨施了法术，树枝上长出了果实，脚底下的藤蔓也像蝮蛇般活络起来，再一眨眼，自己就来到了这里。

话说，这到底是哪儿啊？自己为什么会到这种奇怪的地方来？心里刚刚形成这些疑问，杜卿的声音就在他耳边响起："杨先生，你在长生林中都不听守林人解说的吗？好歹这也是'付费项目'啊！"

"杜老板，你这是在哪跟我说话呢？"

"说来话长……"

"那你长话短说啊！"

"算了，我懒得解释……"

"啊？"

"总之，这是林骁的记忆，很快你就会知道，他到底为什么要来找你了——与其用耳朵去听别人说，还不如用自己的眼睛去看，更有说服力吧。"

说完这些，杜卿的声音就彻底消散了。

杨卫忠有些懵，完全不知道眼下究竟是什么处境，只觉得手臂被铁轨硌得有些疼。等等，火车？铁轨？鸣笛？男人猛然清醒过来，想要立刻离开这个危险的地方，只是，他被麻绳捆在椅子上，丝毫不能动弹。

正想要张嘴呼救，他忽然发现临近的那条铁轨上居然躺着一位少年：皮肤苍白、卷发、眼角下有一颗痣——那是，林骁。

他喃喃唤出那个名字。

少年转过脸来，眼神虽有些迷离，但还是认出了他："咦，卫忠，你怎么会在这里？你好像……变老了一点诶，为什么啊？我知道了！我是在做梦，对，我怕自己一会儿看到火车会想着逃走，就吃了些安眠药……没想到，居然在这时候梦见你了，也好的。"

"你他妈在说什么屁话啊？"杨卫忠拼命想要挣脱麻绳束缚，却没能如愿，只能眼睁睁看着林骁横卧在铁轨上，"卷毛，你这样会死的！"

"我知道，我知道我会死的。"

卧轨，自杀，这些字眼不断从杨卫忠的脑海中蹦出来，他终于意识到林骁的死并不是个意外。在药力的作用下，林骁的意识渐渐变得不清楚，一只滑盖手机从他手中滑落，不偏不倚，落在杨卫忠眼前。他看得分明，手机屏幕上显示的，是自己当年用过的号码。

他愣了愣，忽然想起那个从省城里打来的"无声"电话。原来，是林骁在结束生命前打给他的吗？但是，他却带着世上最恶毒的情绪，骂了他一声"怪胎"。

离开耀城后，林骁跟着母亲去了省城。

那是座真正的城市，比耀城大，人也比耀城多，有漂亮的楼房，有柏油马路，也有红红绿绿的小汽车……然而，林骁每天背着书包走在那些风景中，觉得自己像是个格格不入的纸片人，没有温度，也没有重量。

林骁不停地告诉自己，他是躲到这里来的。虽然周围的风景变了，可他的内在却没有丝毫变化：他依旧讨厌异性，依旧想念那个对他而言如光一般的男孩。

他受不了周围人的目光，总以为那其中带着嫌弃和鄙夷，他也受不了交头接耳的人群，似乎只要他们一张嘴，说出来的，都是嘲笑和妄议……他无数次想起在耀城中所经历过的一切,但最疼痛的,还是杨卫忠两度在他面前说:林骁,你就是个怪胎。

严酷的处刑,依然无处不在。那个身形纤细、皮肤苍白的卷发少年,终于自行瓦解了、崩溃了。终于有一天,他听到了火车的鸣笛,恍恍惚惚间,自己搭乘在那辆列车上,驶向远方,驶向一个可以接纳怪胎的梦幻乡……

于是,他来到铁轨上,想要搭乘上那班火车。

"卫忠,我刚刚有给你打电话,我知道这样或许会给你造成困扰,但我还是……还是想再听听你的声音。"林骁看着头顶湛蓝的天空,长长的睫毛弯成彩虹般的弧度,"我是怪胎,我很恶心,我会消失的。"

"不是的!我没有那个意思,我……"

"你不用刻意安慰我,没关系的,我知道自己和其他人不一样。"林骁歪过脑袋,冲杨卫忠咧了一下嘴,"如果有可能的话,我还是很想和你坐在一起,坐在一张……八仙桌的同一边……"

生与死,不过是一瞬间的事。

杨卫忠一句"对不起"还卡在嗓子里没说出来,少年的声音,便被近在耳边的鸣笛声所覆盖,他布满血丝的眼睛越睁越大,甚至都没来得及看清那最后的微笑,眼前,就只剩下绿色的火车影像……

轰隆,轰隆,轰隆。

像是惊蛰节气的一声雷,惊醒了蛰伏的万物,也惊醒了糊涂人。

心跳、脉搏、血管细微的颤动,在巨大的噪音里,反而听得无比清晰。杨卫忠努力张着嘴,妄图多呼吸一点新鲜空气,可是灌进嗓子眼里的，除了灰尘，就是血腥气。

穿着一身黑衣的高挑男人走过来，蹲下身，替他遮挡住了双眼。

周围一塌糊涂，像是被搅乱的生活。

莫换单手将一人一椅拎起来，迅速来到距离几条铁轨百米开外地方，这才几下解开了椅子上的麻绳。刚刚目睹了一场事故的杨卫忠，失去理智般揪起他的衣领，眉宇间带着怒意："林骁他、他不会就这样……"

"这是那个少年生前最后一段记忆，你说呢？"

"要不是你们绑着我，我肯定能救下他！"

莫换面无波澜，抬手扼住杨卫忠的手腕，不断加重力道迫使他松手，声音冷得像裹着一层冰渣子："那少年早就死了，不管你做什么，都不能令死人起死回生。我们送你来到这里，是希望你能得知真相，现在的你，还认为林骁的死与你无关吗？"

杨卫忠双肩止不住地颤抖，又往铁轨的方向看了一眼。

怎么没关系？他是凶手啊，耀城的那些人……都是凶手啊！

雪崩来临时，没有一片雪花是无辜的。妄议的每一个字，每一个音节，都是刺向林骁的一把小刀。他就这么在众目睽睽之下，一刀一刀被凌迟，而从那通电话中远远传来的一声"怪胎"，或许就是插入心脏的最后一刀。

男人颓丧地坐在地上，想去摸身后的烟，可惜摸了个空。

他恼怒地用拳头捶了几下地面，像是赎罪般任由尖锐的石头划破皮肤，又像是在寻求慰藉般抬头问莫换："你……你们能理解他吗？我是说林骁的想法，说真的我是个大老粗，没那么多细腻心思，我到现在也不能理解，他为什么会对我这个大老爷们如此、如此……但我愿意收回自己说过的话，他不恶心，他也不是怪胎，他只是和一般的男孩，中意的东西有点不一样而已。"

"没什么不一样的。"

"什么？"

"他和你，和我们，和每一个人，没什么不一样的。"

"啊，是吗？"杨卫忠心里反复念叨着那句"没什么不一样的"，最后才若有所思地点点头，强打起精神，对莫换道谢："兄弟，多谢你特意过来一趟！你这人看上去冷冰冰的，其实还挺讲义气，挺会安慰人的，和那个姓杜的奸商老板不一样！咱们不打不相识，改天请你喝酒！"

"杜卿不是奸商，他只是吝啬。"莫换一本正经地纠正道，"而且，我是过来拿店里的椅子，你有没有事，和我没有任何关系——但是椅子有事，我会被那家伙克扣伙食，这很重要。"

在客人茫然的眼神中，他顺手捞起歪倒在一旁的椅子，低头仔细检查了一番，见没有磕碰伤痕后，嘴角才浮现出难得一见的笑意。

杨卫忠看着莫换的背影，隐隐起了个念头，但最终还是没问出口。

毕竟，没什么不一样的。

杨卫忠离开盘古街444号回到家中，已经是第二日清晨。顾不上休息，他收拾了行李大步流星往外去，妻子追上去质问他一大早又要去哪里。

"回耀城，也许还要去趟省城探望一位故人。"

丈夫的想法有些不可理喻。

她没好气地说:"怎么这时候回老家?是不是因为那张桌子?我看,还是把它扔了吧,免得你心神不宁的!"

"没事。"他犹豫了一下,"八仙桌留着吧,不便宜。"

"可是囡囡她……"

"小孩子嘛,就喜欢瞎说,过几天就忘记了。"

男人并没有将这一夜的经历告诉妻子。他心里清楚,若不是亲身经历、亲眼所见长生林的神奇,根本不会有人相信,盘古街那家不起眼的家具店中,藏着有关于时间和空间的秘密。

他想起自己在扫码支付"报酬"时,那位杜老板说的话:当年林骁卧轨自杀时心中并没有任何怨愤,他走得很平静。也许,对陷入迷途寻不得出路的他而言,消失才是一种解脱;而八仙桌边显现出的身影,也只不过是少年留在世间的一个念想,如愿后便会消失,不会伤害任何人。

杜卿一边收拾着笔墨,一边轻声嘀咕:"杨先生,从始至终,你都没有对林骁说过一句对不起啊。"

"似乎是这样。"

"但他,却向你说了没关系。"

一句点醒梦中人。杨卫忠想,他是得去将那一句"对不起"补上。尽管,只能在林骁的坟前说了。

看见爸爸要出远门,女孩牵着弟弟的手,赶紧从屋子里跑出来和他道别。直到杨卫忠的身影消失在视线中,一大一小两个孩子这才转过身,对那张空空如也的八仙桌,认真地摆了摆手。

"小哥哥,再见。"

盘古街444号，有家具店，二楼餐厅。

桌上摆满了大大小小的餐盘，无一例外，都是鱼类料理。

随着最后一道清蒸白鱼端上桌，脸上贴着创可贴的杜大厨终于解开围裙，累得伏在桌上喘了好一会儿，才冲着坐在一旁无所事事研究手机的莫换喊了声吃饭，然后，他看见"猫主子"在坐上餐桌前居然不动声色地按灭了手机屏幕。明明在玩捕鱼达人，还特意调成静音模式。

啧，不坦率。

杜卿在心里翻了个白眼。

然而，被自家老板定义为"不坦率"的家伙，很快就发现了破天荒升级的员工伙食。

"今天超市里的东西是不要钱吗？"

"你吃就是了，哪儿来这么多废话！"杜卿把筷子塞进他手里，随即低下声音，"那什么，昨晚的事……谢了啊。"

"哪件事？"

"算了，当我没说过——不许挑嘴，全吃完。"

是感谢莫换仗义出手，替老板在闹事的客人面前出了口恶气？还是感谢他跟着杨卫忠回到林骁的记忆中，拿回椅子，保护了店里的不动产？杜卿没想好该用哪个理由，但他心里明白，一直以来，自己是该好好感谢莫换的关照，可如果就这么直白地说出感谢，一定会被他毫不领情地嘲讽一番吧……

如果那家伙再问原因，就说今天超市水产品打特价好了。

莫换扒了几口饭，忽然抬起脸："我想问你一件事。"

颇为正经的口气惊得杜卿立马绷直了脊背，在脑海中反复回忆最近是不是得罪他了，但莫换却问，这么久以来，自己有没有需要道歉的地方。

"有啊！太多需要道歉的地方了！"

"什么……"

"换季掉毛！还不止一次被我发现在长生树干上磨爪子！吃的多还挑嘴！还好你上厕所会自觉变成人形，还会用抽水马桶，要是让我花钱买猫砂，给你当'铲屎官'，我绝对会把你逐出家门的！"

虽然有很多牢骚，但小猫咪是站在食物链最顶端的动物，无论在什么时代，这个理论都是成立的。

莫换看着他，"啪嗒"一声，捏断了手里的筷子。

"你不高兴说出来就好，冲筷子撒什么气？不要花钱买新的吗？"杜卿气鼓鼓地数落败家猫儿，"瞧你那脾气，还真是和茅坑里的石头一样——又臭又硬的。"

"那你呢？你又算什么？"

"我？我脾气和茅坑外的烂泥一样……"

他没想好形容词，就没接着往下说。莫换眼角带着点从容和狡黠，懒得再去计较，重新拿了双筷子，继续低头吃饭。直到一个不算陌生的男声响起，才让两人接连抬起头："你俩……是和茅坑有什么过节吗？说起来，那茅坑也真是够可怜的，居然同时招惹到两个傻缺玩意儿……"

来的人是有家酒吧的店长，殷黎。

有着一双狭长眼睛的男人气喘吁吁在餐桌边坐下，毫不见外地端起杜卿的碗筷吃了几口，这才道出如此慌张的理由。

"我姐今天上午回惑城了。"他夹着鱼丸往嘴里塞，顺势给杜卿的厨艺比了个赞，"现在正在酒吧里训人呢，吓哭了好几个新来的服务生,我过来躲一躲。"

"你怎么还是这么怕那个女人啊?"

"废话,你不怕她?别说你,就是老猫也应付不来啊。"

"也是。"

杜卿干干笑了两声,勉强算是承认。

殷黎立马露出一副"果然大家都一样"的表情,凑着脑袋贴过去,一手搭上旧识的肩膀,一手抓着筷子伸向碟子里那条冒着热气的白鱼鱼腹:"我姐还说,几年没回来,盘古街来了不少厉害的角色,担心你们生意受影响……"

他的话还没说完,手背就被坐在对面的莫换狠狠打了一筷子。

"别动我的食物。"

殷黎吓得立马丢了筷子,想了想,顺势也松开了杜卿。

樟木箱·跳广场舞的红婆婆

"你们知道吗?最近盘古街上出现了一位'红婆婆',她穿着一身红色的旗袍,头上插着一朵红花,还涂着很艳的口红……年纪?年纪应该有……七八十岁的样子吧?我还听人说,每天太阳落山后红婆婆才会出现,而且她所到之处会响起诡异的BGM,很可怕。嗯,我还没遇上过她呢!等哪天晚上出门去盘古街探店,再碰碰运气吧。"

视频里的女人,用夸张的词语和表情描述着自己的听闻。

杜卿结束副本开荒,和公会其他成员道别后,顺手退出"盘古街白天鹅"的直播间,嘀咕道:"最近姜萌的直播开始往灵异方向发展了吗?盘古街哪有什么红婆婆啊,如果真有的话……说的是殷绯吧?她最近刚回来,哎呀,过几天得去打声招呼。"

他口中的殷绯,是殷黎的姐姐,也是"有家酒吧"背后的金主。

说起来,那女人往日最喜欢穿一身惹眼的红裙四处晃悠,以俘获人类男男女女的惊羡目光为乐，如今她结束游历，重新回到盘古街，想弄出点动静成为话题女王也不奇怪。

许久没听到同伴回应，杜卿抬头去寻黑猫的身影。大概是快到饭点的缘故，莫换很自觉地变回了人类的模样，他双手抱肩，拧着眉头，石像似的立在门边向外瞧看，像是在紧盯某只猎物。男人身材高挑匀称，冷峻的脸加上修长的腿，还是惹得路过的女孩子们窃窃私语，甚至还有人拿出手机假装自拍，强行和他同框。

杜卿动着小心思：要是哪天店里真的穷到揭不开锅了，他就去给莫换买套制服，在门口摆个"合影一次十元"的摊位。不过，这个计划只会被自家员工一口拒绝，也许还会讨来一顿打。

还是算了。

杜卿心里的小火苗噗嗤一声灭了："喂，从刚才起，你就一直盯着外面看，到底在看什么啊？是有漂亮的小母猫吗？"

莫换言简意赅："红婆婆。"

"诶，盘古街上真的有红婆婆？在哪里？我也要看！"

"在那里。"

杜卿顿时来了精神，三两步从柜台后跑来莫换的身边，探着脑袋向外张望，却被忽然响起的广场舞音乐给吓退了几步：斜对街酒吧门前空地上，聚集着几十位精神矍铄的老人，她们随着户外音响里循环播放广场舞神曲，疯狂摆动腰肢——而队伍的最末端，果然站着一位身穿红色旗袍的老婆婆。

那件红旗袍看上去有些年头了，做工和料子都很上乘，只是，穿在老人干瘪精瘦的身体上并不适合，松松垮垮的；老人灰白稀疏的头发用发油一类的东西打理过，梳得一丝不苟，脸上也如同传闻那般涂了脂粉……这身行头和装扮，着实有些滑稽。

显然，红婆婆并不是殷绯，她只是个普通的老太太，至于那些"太阳落山后才出现""出现时一定会伴有诡异的BGM"的传闻……但凡跳广场舞的老太太们，可不都是这样吗？

因为年纪太大的缘故，红婆婆的肢体并不协调，一支神曲跳完，几乎没有几个动作合上节拍；她不怎么说话，一直咧着嘴对人笑，尽管看上去礼貌又温和，但因整个人都"红"得惹眼，并没有多少舞友愿意主动上前搭话。

她一身"华服"，独自站在那群人中间，耀眼又孤独。

尽管是在天气晴朗的大白天，位于长街一隅的有家具店里依然显得有些阴暗，如果有人问为什么不开灯，年轻的家具店老板一定会振振有词地告诉你，商业用电实在是太贵了。

不过今天难得有贵客，店里的灯，全开。

杜卿将切好的水果恭恭敬敬递到贵客面前，略微有些失望地说："原来盘古街上的'红婆婆'，指的不是绯姐你啊。"

"你小子什么意思？我有老到可以被人叫'婆婆'吗？"

"呃，我觉得，人类管叫你祖宗都没什么问题……"

"杜老板，你是这几年被小猫儿挠得少了吗？要不，我也来补一爪子？"贵客伸出一只手，"我这一爪子下去，你可能会没命哦。"

"不必绯姐费心，哈，哈哈哈。"

当杜卿提及"红婆婆"这个话题时，很不巧地惹恼了当事人。

记忆中风情万种的酒吧金主，眼下却变幻成老妇模样站在自己面前，边吃水果，边用指甲敲着柜台玻璃——虽然不似红婆婆那般打扮惹眼，但她描眉画目、披金戴银，也算是位十分考究的"老太太"。

一向口吐莲花的杜老板在脑内词库里搜索半天,才憋出一句:"不过几年不见,绯姐你如今这模样,倒是……唔,倒是成熟了不少。"

何止是成熟不少,根本是成熟过头了好嘛!

"别提这茬,我变成这副样子,还不是为了能顺利混进人类的广场舞组织里?要知道,稍微年轻点、水灵点的姑娘,她们都不收,只招四十五岁以上的阿姨,简直是歧视美女嘛!"

"但这样,稍微有点儿浪费你的美貌。"

"算了,我心大,看得开:反正我在世人眼中一直都是绝世美女,偶尔换副模样见人,也挺有意思的。再说了,就算我变老几十岁,也是那群老太太里最好看的一个,广场舞那也是C位出道啊!"

杜卿憋着笑,连连点头称是。

也不知这母狐狸几年外出游历究竟经历了什么,居然开始沉迷广场舞,无法自拔。她回到盘古街不到十天,就已经成功吸引来了附近几十个老太太,夜夜神曲不断,这其中,就有那位"红婆婆"。

杜卿这次请殷绯来店里玩,一来是为了叙旧,二来,也是想多问些关于红婆婆的事——守林人的直觉告诉他,那抹艳红的背后,一定有故事。

几盘水果下肚,殷绯果然打开了话匣子。

她告诉杜卿,红婆婆只有一个女儿,但母女关系很不好,这几年几乎没有了来往。大概是隔代亲的缘故,现在她和外孙女夏旭住在一起,每天一边在盘古街跳舞,一边等外孙女下班。老人家年纪大了,脑子有些糊涂,很多事说不清,就连这些信息,也是她好不容易才打听来的。

两人聊着聊着就忘了时间,殷绯破天荒地缺席了"舞林盛会"。

再抬眼时,正巧看见红婆婆的外孙女来接她回家。见杜卿有做这笔生意的心思,殷绯笑起来,扬手招呼了祖孙俩:"老姐姐,来店里坐会儿再回去呀——顺便瞧瞧我这两个干儿子,标致不标致?要不要给你宝贝外孙女挑一个当男朋友?"

杜卿心里默默翻了个白眼:平白无故多个妈,这亏可吃大了。

刚刚从楼上走下来的莫换,则很不满地"喂"了一声,用眼神警告殷绯,不要没事找事。后者却并不在意,毕竟,没事找事是她最喜欢的一项爱好。

红婆婆见有人招呼,乐呵呵地迈着小碎步就跑了过来,闹得身边的外孙女满脸通红,都不敢直视杜卿和莫换的眼睛,只勉强和殷绯打了声招呼。

大概是不想让殷绯失望,这一老一小在家具店里逗留了片刻,像模像样地逛了一圈。令人没想到的是,红婆婆忽然站在一只樟木箱前不肯走了,指着它问杜卿:"这箱子要几个钱?"

夏旭有些惊讶:"外婆,你买箱子做什么?"

老人咧嘴笑,重复了一遍:"几个钱?"

"这樟木箱子防虫蛀,是人家专门买回去存放字画用的,也有父母买给自家女儿当陪嫁。婆婆,您要是自己用的话,没必要买这么贵的,超市里的塑料收纳箱只要几十块钱一只,能用很久呢。对了,你们知道吗,最近百姓超市正好三周年店庆打折,购买居家用品满三百还送两卷垃圾袋,要不我们……"

莫换咳嗽了几声,在杜卿头顶捶了一拳。省钱狂魔这才暂时放下"去超市淘便宜货"的念头，正儿八经地又劝了红婆婆几句，让她别花这冤枉钱——毕竟，这樟木箱子确实不便宜。

谁料，老人家完全没听进去，她从口袋里摸出几张皱巴巴的钞票，递到杜卿面前，歪着头问："够吗？"

穿过长街的夜风稍稍有些喧嚣，不知为何，一向镇定自若的杜老板，看着红婆婆手里的钱，无端生出一丝慌乱。

杜卿原本以为，那天发生的事，只是个小插曲。

红婆婆终究没有买下那只樟木箱子，夏旭在看到价格之后，红着脸半哄半骗地将她带离了家具店。可之后的几天里，那位穿着惹眼红衣服的老婆婆只要一得空，就会来家具店看那只箱子。

她的眼神里充满了对箱子的渴望，几次三番将口袋里的零钱塞给杜卿问够不够。只可惜，盘古街444号的杜老板是个极讲原则的生意人，本着"绝不做亏本买卖"的原则，他一次又一次地告诉红婆婆，这些钱远远不够。

老人每次被拒绝后，会失落地离开，但第二天又会再来问一遍。

杜卿有时会想，失语、失认、记忆障碍……很可能是阿尔茨海默症，那个老人的记忆，就像被翻转过来的沙漏一样，渐渐地、渐渐地就遗漏干净了，如果有机会的话，真想带她进一次长生林啊，面对曾经的记忆，老人一定会很高兴的吧？不过很可惜，长生林并不是为了这种"无聊"的事而存在的，对于人类的生老病死，作为守林人，只能远远旁观。

红婆婆最后一次来店里时，依旧是那身红旗袍，依旧带着红花。

她一副家有喜事的样子，颤悠悠从怀里摸出一个纸袋，里面装着一叠百元大钞，应该是刚从银行取出来的。老人将钱塞进杜卿怀里，然后指着那只樟木箱子："这些……够了吗？"

怀里那些钱很是烫人。

他赶紧向镇店之宠求助："这，怎么办……"

"别问我。"莫换根本不打算给他出主意，"你是老板。"

正当杜老板犹豫之际，殷绯却带着夏旭匆匆进了店。在屋子里看见那惹眼的一身红，她当即松了口气，对身边急红眼的女孩说："我就说嘛，这么大个人还能去哪里，果然在我干儿子店里吧！快去瞧瞧，有没有哪儿碰着了，伤着了……"

在"干儿子们"略带疑惑的目光中，殷绯这才慢吞吞解释：今天红婆婆跳舞缺席了，谁都联系不上她，夏旭下班后没接到外婆，急得要去报警。还好自己多了句嘴，提醒她来家具店瞧瞧，结果真在这里寻到了人。只是没想到，红婆婆缺席的原因居然是去银行取钱来买那只也不知有什么魔力的樟木箱子。

杜卿贱贱地戳了戳身边人："你看，人家老太太都会用ATM机。"

莫换将目光瞥开："话多。"

"杜老板，那些钱是我母亲给外婆存的养老钱，我今天没注意，让她偷偷拿了银行卡去取了出来，你、你能不能还给我们？那只箱子，等我攒够了钱，一定来买走它……"

这算啥？把我当成奸商了？把这儿当黑店了？

杜卿叹了口气，忙将装钱的纸袋塞进夏旭随身的包里："夏小姐，钱你收好，这樟木箱子啊我不打算卖。不过，你外婆要是真的喜欢，我倒是可以，嗯，我可以……算了对不起，这么贵的东西我实在舍不得白送给你们啊！对不起！"

他带着哭腔的话还没说完，就被莫换打断："箱子送你们了。"

夏旭一怔："嗯？可、可是……我知道，这个樟木箱很贵，不能白要的，我会付钱！虽然慢一点，但我会分期付给你们的！"

"不用，拿走。"

"喂，姓莫的，你刚刚还说我是老板呢！这会儿，你怎么做起主来了？"

莫换握起拳头："怎么，有意见？"

杜卿强行微笑："没有。"

大概是听明白了几人的对话，红婆婆乐呵呵地笑着，像个得到了心爱玩具的小孩似的，抱起樟木箱，再也不肯撒手了。

夏旭看着自己的外婆，眼中流转出复杂的神色，喃喃道："我真的没有想过，外婆会这么喜欢它，宁可拿养老的钱来买。我想，这箱子对外婆而言，一定有很重要的意义吧？可惜，她现在这个样子，什么事也不能告诉我。"

"想知道的话，直接去问杜老板就好了。"

"杜老板知道？"

"怎么不能？这世上，就没有我干儿子们猜不透的心思——不过，要等到午夜十二点之后才能帮你解密哦。"殷绯露出狐狸般狡黠的笑容，故意冲杜卿和莫换挤眼，"你们俩那是什么表情？反正都已经搭进去一只箱子了，再多搭点额外服务，也没什么关系的吧？"

"我能说有关系吗？"杜卿用指尖压着心口，"这里，疼。"

"好啦,这事我做主了,等到十二点,让小猫儿给这夏旭丫头开个门。哎呀,不会让你们白干活的,我请你们吃夜宵!"

杜卿轻声嘀咕:"怎么都要替我做主,明明我才是老板啊。"

二十五年前的日落,和二十五年后并没有什么不同。

田埂上相互追打的两个身影,在其他邻居的眼中,就像一场笑话。

只见一个妇人高高举起擀面杖,一下一下打在想要逃跑的女儿身上,嘴里嚷嚷:"你知道那李家愿意出多少彩礼吗?还给我跑!真是不知好歹的丫头,要什么小姐脾气呢?你不愿意,多少人求还求不来!我为了给你们牵线,说破了嘴,跑断了腿……"

"妈!那男人比我大十岁!"

"大点怎么了?这样的男人才会疼人!"

"我连他人都没见过几次,我不嫁,你就是打死我我也不嫁!"

女儿躲避着母亲手中的"凶器",却没留神脚下的石头,一个趔趄,跌坐土堆旁,身上又重重挨了几下打。她再也压抑不住情绪,所有的委屈顷刻间顺着眼泪一起涌出来。

母亲并没有饶过她,又重重打了几下才收手。

"芝兰,我这都是为了你好,我是你妈,还能害你不成?你不听我的话,早晚会后悔的!早晚会后悔的!"

"我是为你好。"

"我还能害你不成?"

"不听我的话,早晚会后悔的。"

又是这三句话!总是这三句话!这三句从母亲口中说出来的、

似乎是理所当然的话,像是藏在田埂里的石头,平日里可以无视,可一旦当她奔跑起来,它们就成了不知何时会绊倒她的障碍。

她恨透了这三句话,恨透了总说这些话的母亲。

"你就是不认我这个女儿,我也绝对不会嫁的!"芝兰紧紧咬着嘴唇,倔强地抬眼盯着母亲,直到尝到一丝血的甜腥气。

见女儿态度如此坚决,妇人这才丢了手里的擀面杖,蹲到她身边,带着一丝恳求的意味,哽咽道:"芝兰,家里的情况你是知道的,没个男人,只有我们母女俩相依为命,过得多不容易啊!你现在年轻,人家又看得上你,早点嫁出去没什么不好,听妈的话,嫁了吧。"

芝兰沉默了。

她清澈的眸子里,笼着一层薄薄的水雾:"妈,我记得你年轻的时候,在村歌舞团跳过舞,隔壁几个婶婶说你当时跳舞跳得特别好,还得过奖,还有进城里文工团的机会。后来,为什么不跳了?"

"怎么忽然问起这个?"

"问问。"

"家里人说,跳舞没什么用,就算进了文工团,每个月也拿不到多少补贴,还不如回来帮着做农活。那时候正好农忙,我就回来了。"

"你后悔吗?"

"我都一把年纪了,说什么后悔不后悔的?"

芝兰平静地说:"如果,当年你没有听家里人的那些话,也许你现在还能在舞台上跳舞呢。妈,你放弃了自己人生的选择权,但我和你不一样,我是不会放弃的!"

妇人愣在原地,她想说点什么,但身体里挤出来的无数念头却生生堵住了话头——她从没想过,自己拥有"不听家人话"的权利,更没有想过,女儿也拥有"不听她话"的权利,但她却说,只要兰芝一天是她的女儿,就得听她的听话,这没得商量。

"那如果,我不再是你女儿了呢?"

说出这句话的芝兰眼中,似有星辰坠落。

田埂周围,三三两两聚了些归家的农户,他们一边剥着花生,一边议论着芝兰母女两人的幸与不幸。夏旭跟在那些人后头,如局外人般听着自己外婆和母亲的故事,心中像被风拂过的湖面,不断漾起波纹。

他们说,经不住母亲的逼迫,芝兰终于逃走了。

她辗转去了省城,在打工时遇到了倾心的对象——正是夏旭的父亲。两人很快确立了恋爱关系,领了结婚证,只是碍于经济拮据,迟迟都没有办酒席。消息传来村里,妇人心心念念的那场婚事彻底黄了,她开始四处托人求女儿回家,可有了事业和家庭的芝兰,并不肯原谅她。

有人说:"真是作孽啊!前段时间芝兰妈还来问过我,城里哪儿有卖木头箱子的,现在好了,彩礼退了,女儿没了,箱子也不用买了。"

夏旭插嘴:"箱子?……呃,芝兰妈买箱子做什么?"

那人奇怪地看她一眼:"这是咱村的风俗啊,你忘啦?嫁女儿,是要给女儿买只木箱子当陪嫁的!箱子啊,越大越好,越沉越好,越贵越好……"

这样啊,原来是这样啊。

夏旭这才明白，外婆心心念念那只樟木箱子，是为了给母亲筹备嫁妆。

女孩本不该出现在这里，她的衣着装扮，随身物件，都不属于那个时代。

对于奇装异服的生面孔，村民们理应有所质疑，只是，也不知杜老板在那段记忆里动了什么手脚，又或者是因为那只不知何故趴在她肩头的金瞳黑猫……总之，那些男男女女都默认了她的存在，甚至还将她当做旧识，热情地与她攀谈。

"芝兰今天回来，是收拾东西打算搬去城里住的！说起来，那丫头也是够狠心的，回来拿东西，却连亲妈的面都不肯见。要我说，芝兰妈也是为了她好，才应下婚事的嘛！那男人不就是年纪大点吗！但是家底厚啊，今年盖了好几间新房呢！"

"芝兰妈也是命不好，男人死的早，女儿也给气跑了，以后的日子不知道怎么过哦！我早上听她说，她熬夜给兰芝写了封信，自己没好意思给，叫柱子送去车站，也不知信里写的是什么……"

"可能是钱吧？"

"哦哟，柱子那小兔崽子还在村口玩弹珠呢，估计把这事给忘了！我有喊他快去车站找人，也不知道现在去没去。再不去，芝兰就走了吧？"

"去了也没用——那两个娘们，都是犟脾气，合不来的。"

信？外婆给母亲写过信？夏旭一怔，忙问那个叫柱子的小孩在哪里。农户们不明白，芝兰母女的事和这个丫头有什么关系，只是说柱子在村口的大榕树下。她不敢耽搁，问了个大概的方向，就向村口跑去。

恍惚间，她听到低沉的男声在耳边响起："没用的。"

是黑猫在说话？那个声音，是杜老板店里的伙计！在见识到盘古街444号里隐藏着的那些秘密后，夏旭已经隐隐觉察，杜老板和那位莫先生，并非是正常人类。不过，正是托这两位非正常人类的福，自己才能得知这些外婆和母亲不愿提及的陈年旧事。

可她眼下没空细究这些，一边跑，一边问黑猫："你说什么没用？"

她很在意他要说什么。

"这里不过是你外婆的记忆而已，是二十五年前发生过的事，即便你改变了埋藏于此处的'因'，现实中的'果'也不会因此而产生变化。所以无论你做什么，都是没用的——芝兰不会原谅她的母亲。"

"别这么说啊，莫换，也许，会有意外收获呢？"打断莫换的人是杜卿，他在共情状态下，将声音传来了这里，"随她去吧，反正我们说了她也不会听的。和芝兰一样，这家伙也是个不听话的丫头。"

虽是责备的语气，却让人觉得舒心。

"谢谢了，杜老板！再给我点时间，让我把信送到妈妈手上！"夏旭带着笑容，用尽全力奔跑起来，"就算知道没什么用，我还是想把外婆写的信送出去。这样的话，就算妈妈不肯原谅外婆，至少在外婆的记忆里，能少一点遗憾吧。"

留在"那边"的男人轻而又轻地笑，没再说话。

片刻后，莫换的声音才重新响起："喂，你跑错方向了！"

"诶？"

"向右，再一直向前，然后左转。是个穿黑裤子的小鬼，信在他口袋里。"

"谢……谢谢！谢谢你……"

午夜后，碰撞挤压在一起的时空，会在冥冥之中，形成裂缝。而地处裂缝之中的盘古街444号，则会变成与白日大相径庭的模样。

身在颇具古韵的居室，殷绯触景生情，再也忍不了如今苍老的皮囊，索性恢复成妙龄女子的样貌：红裳潋滟在地，妙目顾盼生辉，再加上精致昂贵的首饰，活脱脱一副古代帝王宠妃的架势——在记忆长河中细细追溯，她也确实做过身份高贵的妃嫔，还不止做过一回。

她百无聊赖地用毛笔在宣纸上涂画，懒懒打着呵欠。

杜卿间或瞥望几眼，发现那女人在纸上写的全是"家人"二字，金文、大篆、小篆、隶书……各种字体，甚至还有好几个国家的外文。

果然，为了适应现代社会，大家都在拼命努力呢，杜老板如是想。

他忽然又想起莫换刚来"这边"生活时的别扭样子，别说现代人，他连一只现代猫都当不好，要不是自己耐着性子，一点点教会他许多语言和常识，逼着他用新的身份去和正常人类交流，那个潜意识里认为"杀掉就好"的男人，恐怕早就被抓进什么地方关起来了。

两人在最初成为同事的时候，关系并不是很好，明里暗里，发生过诸多不愉快。也不知为什么，随着时间、空间的变换，两人的关系似乎缓和了许多，至少可以相安无事坐在同一张桌子上吃饭了。

这很难得。

"人类好奇怪啊。"殷绯搁下手里的笔，忽然感慨一句，"真的。"

"怎么说？"

"像我们这样的家伙，即使没有家人，也能逍遥自在。可人类就不行了，在他们短暂的一生中，几乎不能离开家人独自生存。就说红婆婆的女儿吧，明明在二十五年前就不再和母亲来往了，可她还是会让夏旭来照顾老人。说是每个月给夏旭生活费，其实，那些钱都是给红婆婆的——有时很近，有时又很远，这让我很难理解'家人'的意义。"

"绯姐，你不是还有个弟弟吗？怎么会不理解呢？"

"我那个弟弟啊，喔，把他扔掉也是可以的。"

"殷黎听到会哭的吧？"

"才不会，就算没有我这个姐姐，他也能过得很好啊。"

"我看未必。"

殷绯看看抱着樟木箱坐在藤椅上的红婆婆，又看看杜卿："再说你和小猫儿——你们的家人早就已经死光了吧？即便是转世，过去这么久，也再无迹可寻，可我觉得你们也并没有因为'家人'的离去而有多么悲伤，不是吗？"

杜卿正准备开口，却听到衣柜那边传来动静。

莫换将夏旭领回来了，女孩的眼睛，肿得像桃子一样。

殷绯忙起身迎上去，将女孩揽在怀里细声细气地安慰了几句。夏旭因为突然出现的古装大美人吓了一大跳，好不容易才脱离了"埋胸"酷刑。听杜卿解释了很久，她才勉强接受"大美人"就是外婆舞友"殷阿姨"这个事实。

果然，和这家店沾边的人……都不是正常人。

夏旭整理好情绪，走到一身红衣的老人面前，她蹲下身子，抬手摸了摸那张布满褶子的脸："外婆，我帮你把信送去给妈妈了，你还记得吗？那封信，你写给她的信，我送到了，妈妈也收下了。"

她从男孩那里拿到了信，不顾一切地向车站跑，一直跑、拼命跑，终于在长途汽车发车前，找到了母亲。夏旭拦下她，将外婆的信递了过去，芝兰接过信，什么也没说，依然拎着行李，登上了长途汽车。

那个"不听话"的女孩是否愿意原谅自己的母亲，这是另一件事。

但对于红婆婆来说，对女儿歉意，已经传达到了。

听罢外孙女儿的话，老人想起什么，浑浊眼睛清亮了稍许。她拉住夏旭的手，搁在怀里的樟木箱子上，清晰、完整地低声说了一句："芝兰你看，这是妈准备的箱子，给你当嫁妆。"

那一刻，没有人再说话。

在这个世界上，悲伤有很多种，但最令人无奈的一种，可能是后知后觉的悲伤。

临走前，夏旭告诉杜卿，自己没忍住，偷偷拆了外婆写给母亲的信。

"信上说了什么？"

"我外婆在信上写，让我母亲和我父亲补办婚宴的时候一定要告诉她。"

"老人家果然还是记挂着女儿的。"

"外婆还写了一句话——等到了那天，她一定穿一身红衣服，在婚宴上跳一支舞。算是,对她的道歉。"

因为噪音扰民被举报,已经很久没有人来附近跳广场舞了。

没了狐生追求的殷绯,终于抛弃那副"阿姨级别"的皮囊。烟雨蒙蒙,美艳的女子一身红裙,撑一柄红伞,穿梭在古韵颇浓的长街上,着实是一副香艳又诡异的画面……很快,"盘古街白天鹅"又开始在直播间里散布盘古街出现一位"红姐姐"的传闻。

然而今天,"红姐姐"带来一个消息:红婆婆去世了,算是喜丧,葬礼并没有被悲伤的气氛所笼罩。有人说,在葬礼上看见了红婆婆的女儿和女婿——尽管并没有理解母亲当年独断的决定,但她还是来探望她了。

杜卿努力做着情绪管理:"虽然是笔赔本买卖,还算有个舒心的结局。"

"咦,你没向小丫头讨要'允'么?"

"你们都替我做了主,哪好意思再追加报酬呢?"

"那,你和小猫儿的'养料'还够吗?"

"多谢关心,养料最近倒还足够,但口袋里的钱,远远不够啊。绯姐要是真惦记着你这两个挣扎在温饱线边缘的'干儿子',以后有生意,记得介绍过来啊,'这边'和'那边'的生意都成。"杜卿顺手在黑猫的脊背上挠了挠,大概是手感不错,又拧了拧它的后颈皮,惹得黑猫露出牙齿后才悻悻收回手,"对了,绯姐你上回说的事,我还没告诉你答案呢。"

"什么事呀?"

"关于'家人'的事。"他托着黑猫的前爪,将它立起来,活像一根被拉长的黑色法棍面包,"我之所以不觉得悲伤,是因为我又找到了新的家人啊,虽然有点合不来就是。"

随即,他受到了"新的家人"愤怒爪击。

"可是,这个世界上从来就没有什么'合得来'与'合不来'的说法。"殷绯看着闹腾在一起一人一猫,无声地笑了笑,"不过两厢情愿罢了。"

圈椅·不断被偷走的人生

惑城今日下了不大不小的一场雨。

素来热闹的盘古街上几乎没有游客，零星营业的商铺无一例外都选择了早早打烊，霓虹灯一盏接着一盏熄灭，像是一场盛大的谢幕；街道两边，由仿古砖和青灰瓦搭建而成的建筑似乎裹都着层水气，看上去黑漆漆、雾蒙蒙的，再加上湿漉的青石板小道，当真有几分古时的韵味。

只是午夜之后，这份不可多得的古韵，就变了味。

变得稍稍有些……瘆人。

啪嗒，啪嗒，高跟鞋踩踏地面溅起水花。

咕噜，咕噜，行李箱滚轮摩擦着青石板。

"站住！把包还我……还给我啊！混蛋！有没有人，来抓小偷！"女人的大嗓门穿透雨声。可惜，空旷街道上一个正义之士也没有，只有几只流浪猫狗在屋檐下避雨，神色淡漠地看着她。

女人名叫孟圆，是从大洋彼岸飞回来的"海归"，虽已年过四十,依然风韵犹存。她今天刚回惑城,下飞机后直接从机场打车来到盘古街,正准备买好洗漱用品后,在附近找个地方落脚,没想到刚出便利店就发现被人顺走了包——包里倒是没多少现金,但那只鳄鱼皮铂金包本身,就是一笔巨款。

"可恶!把我的东西……都还给我!"

咒骂声的分贝还在持续飙升,前方狂奔的男人却分毫不为所动,很快拐进盘古街上一条偏僻的巷子里,浑身湿透的孟圆这才停下脚步。就在她喘着粗气,打算放弃追讨财物时,刚刚从视线里消失的小偷突然从巷子里飞了出来……

没错,确实是"飞"了出来,落地时还极为狼狈地翻滚了好几圈。

停稳后,男人立马爬起来逃走,仿佛走夜路遭遇歹人的家伙是他而不是孟圆。

惊魂未定的女人怔怔看着那条巷子,几秒钟后,一个身穿身黑色长衫的高挑男人映入眼帘,而他手里拎着的,正是自己被偷走的那只天价包!借着微弱的路灯光,孟圆还看见,他头顶上一对三角状的黑色耳朵稍微动了动……怎么会有动物一样的耳朵?

等她揉揉眼睛再看时,那对诡异的耳朵却又不见了。孟圆有些无奈地想,自己果然是年纪大了。

男人把包还回去,却在看清她脸的一瞬间,还以为见到了旧识:"画皮鬼?"

"妆花了……"

男人尴尬的"喔"了一声,低头正打算离开,孟圆伸出带着三枚宝石戒指的右手紧紧抓住他的手臂:"不好意思,小伙子,能不能麻烦你送我去下最近的警局?我今天刚回国,结果丢了不少行李,想找回来!你放心,车费我出,也会给你辛苦费。"说完女人开始在身上掏钱,"唉,我卡包呢?明明在口袋里的呀,我、我的卡包也被偷了。"

几近崩溃的女人从包里摸出一个小小的笔记本,顾不上人还站在雨里,就开始用笔在本子上涂画——看得出,那本子上已经密密麻麻写满了字。

"你在写什么?"

"我要记下来,全都记下来!"

"你要记下来什么?"

"记下我被不断偷走的人生……"

未至寒冬,444号家具店里已经摆上了取暖用的火盆。

杜卿用竹制的长夹拨弄着火盆里的炭块,调侃着正在用布巾擦拭头发的莫换:"你现在很厉害嘛,去给殷黎帮忙搬个东西而已,居然能在路上招揽到客人?作为奖励,明天给你加个罐头。"

卸了妆的孟圆裹着毯子,正坐在案几边小口小口地咽着热茶,大概是还有些后怕的缘故,鳄鱼皮铂金包被她紧紧抱在怀里。那个叫做莫换的男人告诉她,盘古街444号的老板可比警察更擅长找东西,她二话没说就跟他来了这里。

在她的记忆中,古街深深浅浅的暗巷里,的确住着不少能人异士。

有些超出常理的怪异事件,或许当真只有他们才能解决。只是,当孟圆看见那个古代装束男人拿出两颗打火石准备给火盆生火时,内心的不安终于达到了顶峰。

"那什么,杜老板,我包里有打火机……"

杜卿举起手里的小玩意儿："这个也很方便的。"

孟圆没说话，气都不敢喘地看着他驾轻就熟用打火石燃着炭块，心里直犯嘀咕：才几十年没回来而已，卖中式家具的店家都已经这么……呃，这么返璞归真了吗？还是说，能人异士们都过着这种生活？若是后者，可眼前这位高人看上去未免也太年轻了吧？

杜卿知道客人在想什么，他笑了笑，拿起孟圆摆在案几上的笔记本仔细研究起来。虽然纸张被雨水淋湿后字迹变得有些模糊，但依然可以辨认得出，上面记载了这半年内孟圆所丢失的东西：

三月九日，所负责项目的绝密文件被偷，季度奖金被扣。

三月十七日，被公司辞退，由小组新人顶职——总有种被人偷走工作的感觉。

四月二十日，家中遭贼，保险柜被偷，丢失金器和奢饰品另立清单，损失超二十万。

五月十日，手机被偷。

五月十二日，新手机被偷。

八月一日，他出轨了——很好，这一回，连爱情也终于被人偷走了。

除了以上那些重要Part，还有她在日常生活中被偷走的零碎物件，大到真金白银，小到车钥匙和外卖，都被这位孟女士如数记录下来……日期一直延续到今天，就在下午她在惑城机场被人偷走了一杯刚买来的咖啡。

女人的脸上仿佛写着"凄惨"二字。

杜卿有点同情，但目光又在女人手上的宝石戒指和怀里的铂金包上落了落，立刻又否定了想法：好像，还是自己这种被各种账单压得喘不过气的落魄商人更凄惨一点。

自从上个月孟圆发现丈夫出轨，就下定了离婚的决心。对于有存款、没孩子的中年女性来说，离婚并不是一件可怕的事。更重要的是生活上的磕磕碰碰早已将夫妻两人原本就不多的感情彻底消耗殆尽。所以，拿到结束婚姻关系证明的那一天，孟圆甚至有种"松了口气"的感觉，第二天就订好了回国的机票。

杜卿合上笔记本："孟女士是有亲戚住在惑城吗？"

"是啊，我还有个姐……妹，嗯，我还有个妹妹。我们姐妹俩，以前就跟着父亲住在盘古街附近，但我出国后，因为个人原因，几乎没再和家里联系过，甚至，连我父去世也没有赶回来，也许妹妹她早就搬家了吧？"

"大概是吧，毕竟这么多年了。"

"杜老板，其实我这趟来找你，并不是希望能找回那些丢掉的东西，工作没了我可以回国再找，有钱就劈腿的渣男丈夫不要也罢，其他东西花点钱就能重新买回来。"

"那你是……"

"希望你能想办法帮帮我，别让我再被偷东西了！要是继续这样下去，我担心忽然哪一天，我连命都会丢掉的！你这儿，要是有什么灵验的护身符或者偏方，就卖给我，不管花多少钱，我都愿意破财消灾！"

铜制火盆里的火苗忽然间跃动了一下，火星子噼啪作响。

杜卿看着幽幽的火光，若有所思地叹气："唉，要是'破财'就能'消灾'的话，我这儿也就没有营业的必要了。"

"啊？"

"孟女士，你愿意将自己偷的东西还回去吗？"

"你在胡说些什么啊？"孟圆猛地站起身子，神色无比惊慌，连金贵的天价包掉落在地也没有第一时间弯腰捡起来。她用手指着杜卿的鼻尖,声音陡然升高,"我什么时候偷过东西啦?我有钱,有身份,怎么可能去做偷鸡摸狗的事?你这个小年轻不要瞎说,当心我联系律师起诉你!"

眼见气氛僵持,莫换站起身来,却始终没有上前——他不是很擅长应付异性,特别是年长的异性,贸然开口,说了风马牛不相及的话,多半会给杜卿添麻烦。

他走到角落的衣柜前,伸手打开了通往长生林的大门。门中呈现出的诡异景象,很快吸引了孟圆的注意。她终于意识到,这盘古街444号,不是个普通的家具店。但这种不普通,可能比她想象中的那种不普通,还要不普通一些。

杜卿见客人逐渐冷静下来,便继续说道:"别急着否认,我说你偷的东西可不是指钱财。我是说,如果你偷走了别人的爱情,别人的身份,甚至还有别人的人生,你会愿意还回去吗?"

孟圆避开杜卿的目光,双肩开始颤抖。

"这不是灾难,是因果轮回——你偷走了别人的人生,自然会有人来偷走你的人生。这很公平,对吧,孟圆女士?"杜卿起身,引着客人向长生林的方向走去,"或许,我应该称呼你为孟方女士才对。"

盘古街上人人都知道,德高望重的孟老师家中有一对姐妹花。

孟老师研究明清家具多年,尤其钟爱圈椅,这种椅子曲形椅背与扶手浑然一体,上圆下方,外圆内方,暗和"天地乾坤之说",颇有气节与深度。于是,他为姐妹两人取名:孟圆、孟方。

说来奇怪,这孟家姐妹二人的样貌、身段甚至声音都一模一样，两人站在一起，即便是孟父，偶尔也有分辨不出的时候。

只是，这世上没有一模一样两棵树。

虽然两人外表几乎难以区分，但性格却迥然不同：姐姐孟圆温柔娴静，平日里不大喜欢和人多交流；妹妹孟方叛逆多情，还在读书时就和某位大户人家的儿子私定了终身，分毫不顾父亲劝阻，年满二十岁就早早出嫁。可惜两个年轻人的决定太过草率，这段婚姻关系只维持了短短几个月就宣告破裂。

风风火火离婚后，孟方搬回了盘古街，重新和父亲、姐姐住在一起。因为自己经历过一场失败的婚姻，孟方很替姐姐操心终身大事。

孟圆的交际圈很小，亲友们总会借口吃饭，给她介绍一些适合交往的男士。

可但凡遇上各方面条件不错的男人，孟方就会挑刺说人品不过关，要是有人品好家里条件一般的，她就说一定是对孟家有所企图。孟圆对感情的事没什么经验，妹妹说什么，她便信什么，一来二去，错过几段好姻缘。

后来一次偶然的机会，她认识了父亲教过的一个学生，许清。许清自幼父母双亡，家境贫寒，但为人老实本分，毕业后一直留在大学任教，看上去是颇为无趣的一个人。孟方以为孟圆看不上那个男人，有时两姐妹说悄悄话时，偶尔还会夸奖两句许清人不错，但她没想到，那两人当真看对了眼，很快陷入热恋。

对于这段姻缘，孟老师一直不满意。在他的阻挠下，许清和孟圆见面的次数越来越少，在一起的希望也越来越渺茫。在两人几近绝望时，许清忽然得到了一个去国外工作的机会，他索性和孟圆摊牌说，希望她能和自己一起离开惑城。

这种不管不顾的决定，无疑等同于"私奔"。如果事情按照计划发展下去，这或许会成为一个动人的爱情故事。可谁也没有想到的是，到了约定的那天，和许清一起离开惑城的人是孟方，而不是孟圆。

孟方用孟圆的身份和许清在异国他乡结了婚，偷走了本该属于姐姐的一切。

她的爱情，她的身份，她的人生。

长生林今夜也并不平静。

面对长生树果实显现出的记忆，孟方无从狡辩，她对自己曾经种下的"恶因"供认不讳："是，我给姐姐偷偷喂了安眠药，趁她睡着后，将她绑起来藏在了阁楼里。然后，我偷走了她的手机、证件和机票，跑去见了许清，跟他一起离开。"

杜卿有些不解："这移花接木的法子理论上是说得通……但你姐姐的男朋友，呃，我是说你的前夫，难道就一点儿没有觉察到吗？他和你姐姐在一起有一段时间，就算一时没分辨出你们姐妹二人，可纸终究是包不住火的。"

孟方直言："说的没错，我至今不清楚那个姓许的是否知道我是孟方，而不是孟圆——但是不是又有什么关系呢？那个穷鬼要的，不过是'一个体面人家的女儿'罢了。"

原来是这样。

客人的脸上带着一丝对前夫的嘲讽："我们在国外很快登记结婚，但没过多久，许清那家伙就想办法让我爸联系了我。我爸很生气，狠狠骂了我，但让我没想到的是，他将姐姐的银行卡密码给了我，那张卡里有十万块，我和许清终于有了在异国他乡安家的资本。可是,那个穷鬼最终还是辜负了我。现在我忽然有点理解,爸爸当初为什么反对我姐和许清交往了。"

"听上去,你对你的丈夫并没有感情。"

"是啊,我根本就不喜欢许清,甚至还很瞧不起他。"孟方坦然承认,"我之所以换掉身份跟他离开,只是不希望姐姐得偿所愿而已——我的婚姻那么不幸,我再也不可能爱上什么人了,既然这样,我也一定不允许姐姐得到幸福!她是我的至亲至爱,那就应该承受和我一样的痛苦!"

孟方说这话的时候,表情很是狰狞,那种从眼神中迸发出的恶意,让人不寒而栗。她的身体里有一只野兽,咆哮着伸出利爪,要将至亲之人拖入深渊……

杜卿看着昭然袒露出内心丑恶的女人,恍惚想起什么。他纤细单薄的身子晃了晃,不自觉地退后好几步,要不是莫换在身后及时扶住他,他很可能会直接跌坐在地上。同伴在他耳边叮嘱:"别走神,专心解决眼前的事。"

杜卿会意地点点头,平复着自己的情绪,重新望向客人。

兴许是那些话憋得太久,女人越说越兴奋:"可惜我还是失策了!没想到,许清并不是什么值得托付的老实人,这么多年来,我依然过得很不幸福!可这份不幸福,原本应该是由我姐姐来承受的!我已经得到惩罚了,我偷来的人生简直糟糕透了,可老天爷居然还不肯放过我。我怎么把人生还给我姐?我拿什么来还给她!"

深林之中,响彻着她歇斯底里的声音,期间还伴随着一两声冷笑。

"客人这个样子,怕是没办法自己去寻获恶因了,就算将她强行送回到过去,也不过是徒劳。莫换,你觉得……"

"那我试着将她送回她姐姐的记忆里,或许,能有些触动她的东西。"

"嗯,拜托了。"

"如果还是不行,就让那个女人离开吧——原本她就没有悔过之心。等她想通了,又或者是尝到了更多的恶果,自然还会来盘古街444号寻我们的。"

寻获"养料"多年,也不是没遇上过失败的生意,这一次,杜卿却摇摇头,目光笃定:"不,我要渡她,我一定要让她迷途知返,一定。"

那家伙,果然还是在意"来自至亲的恶意"啊。

莫换叹了口气,本想再劝两句,余光却瞥见孟方从长生树下跑开,心里暗暗骂了句愚蠢,他将手掌贴在孟圆的长生树树干上,脚下的杂草顿时发出"沙沙"声响,蝮蛇般的藤蔓延伸着、扭曲着,追逐女人而去。

长生林中树木生长肆意,盘根错节隐没于杂草之中,再加上周围无数或生或死、或明或暗的长生树阻挡视野,孟方很快就不得不止步:她发现,没有那两个男人的引导,自己根本走不出这座怪异的森林。无论她向哪个方向逃,最终都会回到原点——那是如同"鬼打墙"一般的魔咒。

终于,孟方的脚踝被隐没于杂草中的藤蔓给缠绕住,女人的尖叫声响彻长生林,那些疯狂的植物毫不客气地将她拖向孟圆的长生树,"撕裂"开的树干像是野兽的巨口,将她吞噬,将她送回孟圆的记忆中……

种下恶因,便得恶果,恶果也许会迟来,但绝不会不来。

避得了一时，避不了一世。

十七年前，孟老师家中发生了一场"变故"。

布置考究的二层小洋房中，惊慌失措的佣人忙不迭将孟老师领上阁楼：她在打扫卫生时发现，孟家姐妹中的一个被困在那里，手脚被捆，嘴里塞着毛巾。好在，孟圆只是在药物作用下陷入沉睡，在父亲和佣人的帮助下，她渐渐清醒，这才发现，自己的随身物品和行李证件都已经被妹妹孟方偷走了。

盛怒的孟父质问女儿，这一切到底是怎么回事。

孟圆见事情瞒不过，便支支吾吾道出了自己和许清的"私奔"计划，但因为孟方那股莫名的"恶意"，致使整个计划都无法继续执行。不，也许已经顺利执行了，但女主角不是她。

绝望的孟圆用家中电话联系爱人，却一直打不通。妹妹孟方也始终联系不上，仿佛人间蒸发一般，但孟圆很清楚，原本应该"蒸发"的人，是自己才对。

眼见两个女儿一个比一个胡闹，孟老师难得崩了温文尔雅的人设，气得当场砸坏了家里那对圈椅中的一只——那是他最珍视的家具，给女儿起好名字那天，找了老行家高价买回来的。后来，他经常抚摸着圈椅的月牙扶手对姐妹二人说：你们就和这对圈椅一样，方中有圆，圆中带方，成双成对，相亲相爱。

可是现在，自己对女儿的所有祝福和希冀，都化为了乌有。圈椅上断裂的榫卯和联帮棍滚落在地，可以很明显地看出已经有些腐坏迹象，不知是因为南方天气潮湿所致，还是因为买回来时，制作圈椅本身的木头就有问题。孟圆看着那只彻底被砸坏的圈椅，缓缓开了口："里面的木头，都已经烂了，爸，你不是专家吗，怎么也有看走眼的时候?"

"我是你们的父亲,不是也有看不懂女儿想法的时候吗?"

是啊,木头的心思,尚且连钻研多年的专家都猜不透,何况人心呢?本该相亲相爱的孪生姐妹,竟也会闹出今天的局面。本该相亲相爱的至亲,却因为其中一方莫名其妙的恶意而从此疏远,这当真是世上最无奈、最心痛的事情。

意识到这点后,孟圆苦笑了一下。

"爸,如果你能联系上孟方,请帮我把银行卡密码给她:她拿走了我的卡,却不知道密码,许清也不知道。那笔钱或许能帮他们撑一段时间吧,毕竟,两个人在国外,人生地不熟的,处处都得花钱。"

"卡里的钱是你自己的积蓄,给她做什么!"

"那些钱,我不是给孟方的,而是给'孟圆'的——她既然偷走了我所有的东西,甚至顶替了我的身份,那就该好好替我过完这一辈子。无论是在惑城还是在其他某个地方,无论是和许清还是和其他男人,总之,我不希望那个'孟圆'过得不幸福。"

孟老师拗不过女儿,只好答应了她的请求。

"你心里到底是记挂着妹妹的,孟方那么对你,你还能原谅她,我这个当父亲的,多少有点欣慰了。"

"谁说我原谅孟方了?我这一辈子,都不会原谅她的。"孟圆说得很平静,她蹲在地上,红着眼睛收拾着一地烂木头,"她虽然把我的一切都偷走了,变成了'孟圆',但并不意味着我就得变成她,将那份恶意延续下去。"

并不会原谅她,但希望她过得幸福,这没问题,对吧?

比往昔更显冷清的洋房中,悲伤慢慢膨胀,占据了全部的角落。房间的角落里，浅浅地显现出一个影子——身穿精致套装的中年女人站在那里，怔怔看着父亲和姐姐，咂摸着她曾经不知道的真相和善意。

一小片圈椅的木料碎片落在她的脚背上，像一朵小小的花。

说起来，每位窥探了过去，又再度回来现世的客人，脸色几乎都不太好。孟方也不例外，她脸色煞白，整个人像丢了魂一般。杜卿又请她喝了杯热茶，但并没能好转。

孟方一个人在案几边坐了一会儿，才缓缓开口："我从没想过，那笔钱是姐姐特意留给我的。我一直以为，我偷了她的人生，她一定恨死我了，一定希望我和许清过得无比凄惨！但是，但是她没有，她还将自己的积蓄给了我们，我……"

"与她的善良相比，你显得很丑陋。"

"所以，我才不想见到她啊。"孟方喝完茶杯里的最后一口热茶，"杜老板，你这儿能定做家具吗？"

"当然，加钱就行。"

天上掉下来的生意，岂有不做之理？杜卿搓搓手，说盘古街444号虽然偶尔会接些奇怪的生意，但不管怎么说，都是家正儿八经的家具店，价格公道，童叟无欺，有什么要求尽管提出来。

"我想定做一把圈椅，要和当年我父砸坏的那把一模一样。"

"没问题，木料、工艺、样式我都记住了，至于尺寸，莫换稍后会去确认。放心，我会给你找个手艺顶好的木匠师傅，尽快做出来。"眼见生意上门，杜老板表现出了十足的专业精神，"不过，我还是要确认一下，你是想将圈椅送给你姐姐吗？"

孟方点点头，"圈椅嘛，本来就要"一对"才像样，少一只怎么能行?"

杜卿笑了一下,也对。

临走前,孟方留下了送货地址,也付清了所有的报酬——定做圈椅的钱,以及一个死后生效的允诺,随着手机页面上跳出诡异的"允"字,交易完成。她想了想,随手将案几上那本记录着自己"被偷走人生"的笔记本,扔进火盆里。

客人联系了盘古街附近的宾馆,拖着行李箱,独自融入夜幕中。杜卿不放心,让莫换变成黑猫,一路护送她到达目的地。

回来时,自家员工手里多出一瓶洋酒,说是路过殷黎的酒吧,顺手讨来的,当做今天帮忙搬东西的酬劳——虽然每天午夜过后,盘古街444号里的时空会出现动荡,但从其他时刻、其他地点带进店里的东西却不会无故消失。

"哈,这个酒平时我可舍不得买,这回算是沾你的光,我要喝个痛快。"

"你只能喝两杯。"莫换的声音带着警告意味,"敢多喝一口,我就揍你。"

"行、行吧。"

两个被时间遗忘的"古代人",跪坐在案几前用茶盏喝龙舌兰……

真是副怪异的画面,不过,勉强算是个不错的回忆吧。虽然他们的回忆,根本不会出现在那棵光秃秃的双生朽木上。

杜卿不忍释手地握着盛酒的茶盏,眯着眼睛,忽然开口对莫换说:"其实,你不用特意顾及我的情绪,当年那些事,我早都已经释怀了。只不过今天来的客人,让我忽然又想起自己的那些亲眷……"

越是至亲之人的恶意，就越令人不寒而栗。

微州杜氏，宗家长子，木行当家，随便哪个身份亮出来，都能让人对其礼让三分。可谁能想到，当年只要动动嘴就能买下半条街的富家少爷，在现世里，居然落魄成了每天积极去超市买打折货的抠门老板。若说唯一没变的，大概就是，在历经了人生的起起落落之后，那家伙依然可以微笑着迎接每天第一缕阳光。

微州多山林，便有了"木行"一说。

和米行、布行不同，木行里的木头很少会进寻常百姓人家，而是成批量地走水路运送至全国各地，供给皇帝修建行宫和陵墓。若得稀世木材，木商们也会请来最好的工匠制成家具和饰物，或转手卖给达官贵人，或充当贡品。

在微州众多木行中，尤以杜氏宗家最为兴隆，连续多年为朝廷供应木料，可谓赚到盆满钵盈。旁支亲戚见不得宗家人独得好处，几次三番想要从中分得一杯羹，却都被宗家人委婉拒绝，生怕经手的人太多，出现以次充好或数量缺损的情况。

那一年秋天，杜氏宗主亲自带着工匠进山伐木。

他们将砍伐下来的木料捆扎成木筏，趁春天雪水融化，溪流水位增高，靠水力将木料运出大山。然而令人没想到的是，几个至亲不知为何生出"恶意"，他们暗中动了手脚，导致溪水干涸，大批木材无法借助水力运出山林，最后只能动用人力，结果耽误了交货期限。杜氏宗家被朝廷治了罪，老老少少在大牢中死于非命，所有钱财上缴国库，木行也落到了其他竞争对手手中，几十年来的心血毁于一旦。

而那些酿成杜氏宗家灾祸的亲戚，也没能得到善终。

那段时间，杜卿正好在别处城镇游玩，听闻家中突生变故，不能也不敢折返。他散布消息，佯装自己在旅途中出了意外，这才勉强躲过一劫……可从那之后，富甲一方的钱财、光鲜亮丽的身份、相亲相爱的亲眷，原本所拥有的一切，都再与他无关。

一无所有的他，想过要结束自己的生命。他吞了毒药，却在山崖躺着等死的时候，遇到了被仇家追杀不得不跳崖求生的莫换——那时，他只是个普通人类而已，渴望活下去的普通人类。

再后来，发生了一些事，他们成为了长生林的守林人。

尽管痛苦的记忆被藏得很沉、很深，但总有再度涌现出来的一天。

在长生林中，当杜卿看到心生恶意、面目狰狞的孟方时，恍惚间想到那些逢年过节来宗家拜访做客的亲戚们：亲亲热热给他买礼物的叔伯，招呼他多吃菜的婶姨，还有，本以为能够称作挚友的同辈……他们不知何时都戴上了面具，将手里的刀锋对准了宗家人，想要将杜氏这座坚固的堡垒，彻底拆分、击溃。

可这份恶意，最初到底是因何而生的呢？谁也说不清楚。但可以肯定的是，来自至亲之人的恶意，远比来自陌生人的恶意更可怕。

杜老板打了个浅浅的酒嗝，将那些陈年旧事的回忆，掐断于此。

他眨巴着眼睛，正打算偷偷给自己倒第三杯龙舌兰，却被莫换觉察，不容置辩地拿走了酒瓶。

"这世上，会有莫名其妙的恶意，就会有莫名其妙的善意。"

"你是说孟家姐妹中的姐姐吗？她可还没有原谅自己的妹妹

呢，咱们客人的赎罪认亲之旅，可以说是无比艰难。"

"不，我是说你。"

杜卿用一只手撑着脑袋，饶有兴致地看着莫换。

"我？"

"自始至终，你也没有说过会原谅那些亲眷。"莫换看着他，说出了故事的后半段，"但我知道，你后来回去过微州，托人寻到了他们的尸体，和杜氏宗家人葬在了一起。这不也是莫名其妙的善意吗？"

杜卿佯装不在意地摆摆手，说哪有你这么拐弯抹角拍老板马屁的，太假了吧。

"不爱听的话，那你脸红什么。"

"喝多了，喝多了而已。"

"是这样啊，那以后只能允许你一次喝一杯了。"

惜字如金的人一旦开口，战斗力实在是不容小觑，意识到自己不在状态的杜老板悻悻闭上了嘴。他想，莫换说的没错，毕竟能与那些恶意抗衡的，也就只有善意了。尽管有些善意，会被世人嘲笑为"痴傻"。

但他仍愿世间，永远都有足够的善意。

紫檀手串·人形貔貅的秘密

在春夏秋冬四个季节中，莫换最讨厌春天。

因为只要天气一转暖，盘古街上的小母猫们都像约好了似的，隔三差五聚集在家具店门口，一起喵喵喵。杜卿闲着没事，给每一只眼熟的猫儿都起了封号，偶尔还会拿出店里的猫粮来招待它们，嘴里嘀嘀咕咕，没什么正经话：

"橘常在你来了啊，今儿身体可安好啊？"

"哎呀，这不是咪贵妃么，快来尝尝这从西洋进口的高级贡品！"

"喵婕妤，什么风儿把您给吹来了？你来就来呗，怎么还带着崽……莫换，你快出来看看啊，是不是你之前惹下的风流债？"

镇店之宠听到那些玩笑话，气得想当场挠人。但转念又想，不能和杜卿一般见识。要是让他感到有意思，以后只会变本加厉。于是，但凡赶上闹猫，他就躲在店里不出门，有时一整天都不见踪影。再后来，干脆整日维持着人形，有活的时候帮着搬货跑腿，没活的时候,找个角落或躺或坐玩手机,当真像是店里雇来的懒伙计,尽管这样十分耗费气血和修为。

但这招,最近似乎不大好使……

前几天,店里来了位叫秦若的客人,是盘古街上一家旗袍店的老板娘。秦小姐保养的不错,瞧不出真实年龄,但能盘下街口的好位置,想来也是个家底殷实的富贵千金。再加上声音软软糯糯,没开口就先露出两酒窝,异性缘一直不错。

这回,她盯上了444号家具店,三天里来了六七回。每一回过来,也不说要买什么,只是心不在焉地瞧看家具,眼神总往莫换身上瞟,明里暗里强塞秋波。

动机不纯——这是杜卿关于此事的概括总结。

猫也躲不过,人也躲不过,莫换难得有了些许挫败感。

这天,他眼见秦小姐又来了,赶紧找了个借口出门避难。秦小姐屡屡未能如愿,终于在这回光顾时,直奔曲尺柜台,开门见山地向杜卿要"莫先生"的电话。某人刚刚输了一局战场,心情很是不好,幽幽回了客人两个字:不给。

"杜老板,顾客就是上帝——这上帝的心愿,您也不满足一下吗?"

"哦,我信奉的是上古神农氏,西方神明在我这儿可不好使。"

听到这样的答复,秦小姐的眼神黯淡下去。

"除非……"

峰回路转,杜卿冲着店里的一堆木头努努嘴。秦小姐立马会意,踩着高跟鞋小跑到玻璃柜台后头,自个儿动手取出串木头珠子,折返回去买单:"杜老板,现在好使了吧?"

哇，是最贵的那串紫檀手串啊。

拜倒在金钱之下，杜卿立马背叛了革命友谊，边收钱，边称赞客人眼光不错。也不知是在夸她相中了镇店之宝，还是相中了镇店之宠。

不过说起这手串，确实能算是444号的镇店之宝：上好的紫檀木，非得是千年成材，再加上"十檀九空"，树多空心，大料出材率极低，素来有"一寸紫檀一寸金"的说法。当年武则天埋葬那只宠物白鹦鹉，用的就是紫檀棺材，足见其金贵。杜卿也是偶然收到块好料，请了名匠制成卧榻，剩下的木头实在舍不得丢掉，便磨成了手串搁在店里，等待有缘人来认领。

可惜有缘人挺多，有钱的有缘人，太少。

结账时秦若才知道，杜卿称赞她"眼光不错"，不是因为其他，而是因为这串紫檀珠子，实在太贵了！即便是不差钱的旗袍店老板娘，也觉得肉疼。

骑虎难下，她咬牙买了单，将手串戴上白皙纤细的手腕，一边轻嗅紫檀香气，一边努力平复心情，继而又像发现了新大陆般眨巴着清亮的眼睛："咦，杜老板，手串中间这颗珠子怎么和其他的不一样啊？雕的是个什么玩意儿？"

"貔貅，民间神话里的祥瑞神兽。"

"怎么个'祥瑞'法？"

"只吃不排，只进不出——招财的。"

"招财啊……哎，要是招桃花就更好了。"

杜卿笑得和和气气，却用一种略带同情的眼神看着面前的秦小姐，正想说点什么宽慰的话，抬眼就看见莫换拎着只蔫蔫的小猫回到了店里，难得神色温柔。他怀里的小家伙饿得皮包骨头，用毛茸茸的脑袋抵着男人的臂膀,咪呜咪呜地叫唤着。

当真是一幅好画面,让人心都化了。

秦若露了酒窝,上前就是一句赞叹:"莫先生,你可真是有爱心……嗝。"

多了句末的语气词,原本好端端的"搭讪"变得有些滑稽。秦若愣了愣,再张嘴,又冒出个响亮且具有侵略性的"嗝",连带着人都打了个哆嗦。她的脸涨得通红,接过杜卿递过来的茶杯,一口气灌下去许多水,又拼命憋气,却怎么也止不住呃逆,最后不得不捂着嘴从店里跑了出去。

莫换盯着秦若离开的方向看了许久,沉沉地问,她是不是在店里买了什么东西。

对于伙计的超准直觉,杜卿并不怎么意外,他随口问:"你怎么知道?"

"她身上有木头的味道。"

"哦,秦小姐买了串紫檀手串,就是雕着貔貅的那串,然后就开始莫名其妙的打嗝,如果是因为木头的话……"杜卿的声音戛然而止,脑子里原本散落的珠子仿佛被一根无形的线串在一起,他低头收拾柜台上的东西,打算先去趟超市买晚餐要用的食材,"有机会我会再约她过来一趟的,我是说,午夜之后过来。"

莫换点点头,转身去二楼厨房找杜卿藏起来的湿粮罐头,想给捡来的小猫加餐。

杜卿又嘴贱了一回:"那是你的崽吗?哪个妃子生的?我看你们爷俩挺像……"

下一秒,他就被从楼上飞下来的细竹竿狠狠戳了脑袋。

令两位守林人都没想到的是,给秦小姐的邀约,很突然。

吃晚饭时,莫换的手机一直震个不停,他黑着脸将手机丢到杜卿面前,是那位秦小姐发来的夺命连环短信:莫先生吃过了吗?我是秦若,在你们店里买过紫檀木手串,你还记得我吧?今天你抱回来的那只小猫真可怜啊,我记得,你们店里也是养猫的吧,它叫什么名字啊?今天我一直在打嗝,真是不好意思,也不知道怎么回事,到现在都没消停,明天可能要去医院了……

果然,还是动机不纯。

杜卿若有所思地回复消息,请她今晚十二点来444号一叙,不见不散。

消息送达后他才想起来,这不是自己的手机,那位秦小姐一定以为是莫换在约她吧?吞了口口水,杜老板心虚地将手机还给伙计,决定先发制人:"我掐指一算,这位秦小姐的身上一定有'历史遗留'问题。所以,我才约她今晚过来聊聊。"

"说完了吗?"

"说、说完了……"

莫换握着拳头就走过来了,语气里听不出一丝波澜,和他万年没有变化的冰山脸有的一拼:"那么,就请你好好解释一下,为什么她会有我的电话号码?"

窗外闷闷一声春雷,毫无预兆地落下来,炸的人都清醒了。

回过神来的杜卿看着缓缓逼近的黑影,丢了碗筷就往楼下逃,从没有过的迅捷……

好嘛,这一回,好像又把自己作死了。

杜卿觉得,这可能是自己经历过的、最好笑的一笔买卖。自从秦小姐踏进444号时开始，未见其人，先闻其声，嗝，嗝，嗝……根本停不下来。他每隔五分钟，就想笑场一次，十分不严肃。

客人俨然是精心打扮过后才过来的，但是，穿旗袍的女人看着面前穿古装的男人，两人都挺尴尬。最后，以秦小姐一句"没想到杜老板也有这种复古情怀，嗝，回头有空给你们裁两件大褂，嗝……"草草收场。

正如她在短信里所提及，怪异的呃逆还没有结束。

杜卿特意留心看了一眼，女人的手腕上还带着那串紫檀手串。如果他推断的没错，客人前世的记忆正是被有灵气的木头给唤醒了。既然是那紫檀手串的意思，他也很有兴致，去听一个故事。

秦小姐伸手挽了一下长发，羞赧地低下头："那个，莫先生呢？嗝……是他，约我这个点过来的，嗝，不知道是什么事……"

刚收到约会邀请的时候，她很意外。毕竟在她的印象中，高冷范的优质帅哥是需要花心思的，但没想到，居然轻轻松松就攻下了，这反而让她有点失落——也许，年轻男人对自己这种类型都没什么抵抗力吧。

杜卿看她沉浸其中的样子，犹豫着说出实情："他可能，是想帮你治打嗝？"

杜卿知道自己是在睁着眼睛说瞎话，然而，藏在衣摆下的小畜生，正用锋利的爪子抵着他的腿——如果他再敢背叛革命友谊，胡乱加戏，估计就要付出血的代价了。

"大、大半夜……嗝，请我过来……就为这个？"

"不然呢？"

"嗝。"

"老人们不是一直说，打嗝的话，只要受到惊吓就能好吗！让你一个姑娘家大半夜独自来我们店里，多吓人啊。刚好起效！"

秦小姐的双眸中显露出失望，她强打精神笑了一下，说能想到的法子她都试过了，都没什么效果。现在的人大多都是这样，平日里从不注意健康，一旦身上出点小毛病，首先想到的就是上网查一查，原本以为只需要买点药吃，查完之后，可能就要张罗着给自己准备棺材了。秦若试遍了穴位按摩、喝水弯腰、屏气呼吸，都不见有任何好转，她犹豫了许久，还是在"休息"和"约会"之中，选择了后者。

"看样子没什么效果，嗝。"

"大概，是不够吓人吧？没关系，我还有个办法……"

杜卿弯下腰，从衣摆底下捞出那只躲了半天的小兽，打算邀请客人前往长生林。黑猫锋利的爪子没来得及收回去，不经意在杜卿腿上划拉出老长一道口子，渗出殷红血丝，它"喵呜"叫唤了一声，像是在承认错误。

秦若看见杜卿怀里的黑猫，酒窝又露了出来，伸手就要去摸："这就是你们店里养的猫啊，嗝，好可爱！莫先生很喜欢猫……嗝，对吧？"

那只黑色的小兽并不稀罕温香软玉，擦着女人光洁的手臂跃了过去。然后，秦若觉察到左肩被人不轻不重地拍了一下，背后有人幽幽"喂"了一声。

她不可遏制地尖叫起来。

巨大的分贝赶上了傍晚的春雷，却依然以一个滑稽的饱嗝作为收尾。

杜卿被这么一炸，顿时又清醒了一些，忙示意客人回头看。

秦若这才发现，站在自己身后的不是别人，正是约她来这里的莫换。可是，长得帅也不能这样吓唬人啊！她伸出手抚着胸口，嗔怪着望了他一眼，莫先生显然没有理解这一眼的意思，转身就向角落里的衣柜走去。

"跟我过来。"

"诶，要去、去哪里……嗝？等等我……"

"去更吓人的地方。"

沾着细碎亮片的高跟鞋停在原地。秦若蹙着眉，看着男人将手掌贴在那只衣柜漆黑的门上，原本死气沉沉的木料瞬间鲜活起来，幽绿色的枝叶状纹案极快地铺散开，然后，长生林的入口缓缓呈现。

444号家具店的衣柜里，藏着不为世人所知的另一方天地。

她呆呆地看着眼前所发生的一切，忍不住又打了一个嗝。

寻着木头的味道，寻着光，寻着沉淀在血液中、斩不断的因果，两位守林人很快就在长生林中寻到了客人前世的记忆。虽然那棵长生树已成枯木，但在杜卿的努力下，依然能够让它回溯到最为茂盛的时刻。

在那些悬挂于枝头的果实中，隐隐显现出完全不同于现世的画面。

那是一段，比想象中更久远的时光……

那时西面有座城，叫做丰都。

地如其名，城虽不大，却人人丰衣足食。当然，"人人"是指勤劳的人人，也有些不怎么勤劳的，为了能过上和周围人一样舒坦的日子，他们选择靠旁门左道来生财。

几日前，城里有个消息不胫而走。

说是城东赵家有个独女，也不知怎么就结了仙缘，人在家中坐，财从天上来，凭空得了件稀世宝贝——听说那赵家姑娘吃饱晚饭后，随意打了个嗝，没想到，竟生生嗝出一颗夜明珠！若只是谣传也就罢了，有好事者跑去赵家瞧看，没想到，平日里不怎么稀罕和人打照面的老赵竟当众拿出了女儿嗝出来的宝贝，不只有一颗夜明珠，还有价值不菲的宝石、珍珠和金锭……

消息一传十，十传百。那些时日，丰都大街小巷都在议论这件事，越传越玄乎：

"赵家姑娘肚子里有个聚宝盆，宝贝吐不完……"

"知道吗？赵家的女儿能招八方之财！"

"那可不就是貔貅吗？"

"是啊，就是貔貅……人形貔貅！谁娶了她，准会一辈子大富大贵！"

城东的百姓皆知，赵家姑娘自出生时眉心便有一点朱砂痣，有人说是菩萨相，又有人说，那是恶鬼天眼。总之，被加上了这些臆想后，尽管她已经到了婚嫁的年纪，却迟迟没有人来上门提亲。越是这种命途多舛的女子，越容易得到神明的垂怜，如今被冠上"人形貔貅"的称呼后，来说亲的媒婆都快踏破了赵家的门槛。

赵家姑娘倒也不含糊，千挑万选，最终应了丰都大户金家的提亲。

这倒不是一时兴起的决定：早在两年前的丰都灯会上，赵氏偶然结识了品貌端正的金家少爷——金卓，只是碍于她身份低微，又自觉面貌怪异，这段感情最终没能修成正果。如今借着瑞兽附身的由头，歪打正着，成就了一段良缘。

金家为表"请神"的赤诚之心，花大价钱在城中建了一尊貔貅石像。金卓在石像前向未过门的妻子许诺：无论斗转星移，沧海桑田，他待她，情比金坚，定要护她一生平安。

女儿被八抬大轿抬去金家的那天，老赵春风得意地喝着小酒。精干的中年男人逢人便夸，自家女儿受神明庇佑，是天之骄女，这世间，再没有什么事能让他父女二人皱一皱眉。

婚宴过后，金卓待新过门的妻子很是恭敬。

恭敬之外，也有对"人形貔貅"传闻的好奇。只是，每每他向妻子询问此事，她都会寻各种理由搪塞过去。

金卓也不恼，依然努力做一个好丈夫，甚至由着妻子隔三差五差人去给城东的老父亲送银票，寻了城里最好的工匠去给赵家盖新房……只每天巴巴地盼着家中瑞兽打嗝吐宝，可说来奇怪，赵家姑娘嫁入金家一年多，却再招不来任何宝贝。

金家上下都明白，少爷娶这位少奶奶回来，不图她开枝散叶，不图她相夫教子，图的只是一个"财"字。可如今，不光财没生出来，儿子也没生出来，还用婆家钱财补贴娘家，这就开始生气了。

好在那段时间，金家布坊生意还算顺风顺水，金卓安慰金家上下说，就权当是赵氏的功劳吧！再说这赵氏温柔孝顺，她那老父亲看着也不像是什么大恶之人，就让他老人家享享清福好了，反正，家里也不缺那些钱。

尽管如此，还是塞不住所有人的嘴。金家"人形貔貅"失了神通的消息，很快就在暗中传开了。

金卓没有说什么，但赵氏，似乎很害怕这样的流言。她甚至说，是金家供养祥瑞神兽的方式不对。可金卓将丰都方圆百里的高人、半仙都请来了，依然看不出个所以然，只道是天机不可参透。再后来，老赵来过几回，也不知他是怎么点拨了女儿，每次他离开后,赵氏便能"无中生有"出几样宝贝。

金家上下又欢喜起来。

城中那尊貔貅石像前,总是围满了虔诚的求财者,连带着见到偶尔出门的赵氏,都要三跪九拜,将她当做神仙降世。不光是金家老少,就连家仆侍女出门,都平白无故多得几分尊敬,仿佛跟着金家少奶奶,都能沾上瑞兽仙气,与肉眼凡胎不同。

如果前世的记忆只留存到这里,故事怕是就该归为民间奇谈,流芳百世了。但在时间的长河中,从来就没有坚不可摧的谎言。

纸醉金迷的富足生活像是铺陈在蝉翼之上,虚幻又脆弱。

直到金家少奶奶"嗝"出一块沉甸甸、冰凉凉玉髓,所有的美梦,都开始摇摇欲坠。

那天,她将手里的宝贝呈给丈夫看,那男人脸上的笑容却一点点凝固。

在赵家姑娘的逼问下,金家少爷才解释说,这枚玉髓是他一门远房亲戚的东西,他小时候在亲戚家把玩过,不小心碰坏了一角,被父亲狠狠责罚了一通,所以印象极为深刻。但后来听说,那房亲戚家中遭了贼,玉髓被偷了,再没了下落。

男人将玉髓搁在掌心细细辨识,果不其然,一角有磕碰过的痕迹。

"所以,这东西为什么会到你的肚子里去?"

"都说了……我、我能招八方之财,也许……"

"那招财的貔貅和偷东西的贼,又有什么区别呢?"

"快别说了!瑞兽岂是你这般亵渎的!"

"呵,如此瑞兽,不请也罢!"

被丈夫说得心虚,赵氏知道是父亲行事出了偏差,她不敢将此事闹大,只将那枚玉髓收好,再也没拿出来瞧看过。

至此之后,金家上下再没有见过"人形貔貅"的招财神通。

然而,金家少爷不是糊涂人。他留了个心眼,差人将妻子这几年"招"来的东西一样一样查清了底细,不由大吃一惊:那些琳琅满目的宝贝,全是赃物,无一例外。而他那位住在城东的岳父大人,背地里的身份,竟是江湖上有名的盗宝贼!

原来,父女两人当初设了个局,他们借口"人形貔貅"的传言,让那些偷盗来的东西全部变成了瑞兽的恩赐,既避免了赃物流通于世带来的麻烦,又让女儿贴了层金,顺理成章地嫁入大户人家,从此过上逍遥快活的日子。

赵氏之所以答应这么做,许是因情,许是因财。

如今,却是谁也道不清其中原委了……

年轻人看不开也想不通,只能死守家中丑事,日子一久,难免看欺上瞒下、另有所图的妻子不再顺眼。但名声在外的"人形貔貅"断然是不能请出正房的,于是金卓常住偏房,即便赵氏哭闹威胁,也只当清风过耳,再没有和她说过一句话。

"一纸婚约,良缘永结,要么因情,要么因财。"金家少爷与旁人道,"两者皆无,我作何要委屈自己?"

不满三年,赵家姑娘郁郁而终,丰都上下悲痛不已,以为痛失了貔貅的福泽。金家的布坊生意也一蹶不振,再无昔日的辉煌。

人们都说,失了人形貔貅镇宅,金家财运已尽,可金家少爷丝毫不在意,寡淡的日子倒也过得比前几年舒心。再说那老赵,前些年凭借着女儿的身份得了不少好处,金盆洗手后日子过得铺张浪费,斗鸡走马。痛失爱女后,他便失了经济来源,竟几度上金家胡搅蛮缠,妄图拿回几样女儿"招"来的宝贝。

毕竟,那也是自己早些年间的"勤劳"所得。

积压在心头许久的怨愤与不平终于尽数爆发,金卓全然不顾老丈人颜面,唤了家丁,连人带赃物一并送去了衙门。金家少爷很清楚,赵氏"嗝"出的那些宝贝,皆是老赵从他处盗来,他良心未泯,不敢将那些钱财据为己有,只小心存放在金府库房之中,寻找机会让它们重见天日。

至此,"人形貔貅"的骗局始末才被公之于众。

"无情亦可,无财亦可,可弄虚作假,欺瞒乡邻,便定然不是良人,不是良缘。"提及旧事,金家少爷面上仍有亏欠,"我至今未想通,自己对妻子三年缄口不言是对是错。但我知道,赵家父女定然是不该那么做的,理应得到报应。"

金家少爷不敢以局外人自居,坦白真相后,他面对丰都百姓们的辱骂和指责,三年来头一回如此轻松。他将手中布坊产业全数变卖,所得钱财在城中铺设道路,新修水利,着实做了几桩善事。

他将家中老人托付给兄长后,便出城游历,从此后再没有了消息。爱财是真,明理也是真,一城百姓,皆是唏嘘。

之后的一年又一年,白雪落满城中貔貅石像,再没有人提起赵家的人形貔貅。威风凛凛的瑞兽依然庇佑着勤劳的丰都百姓,人人丰衣足食。

世上没有缺席的恶果,是债就该还,是孽就该了。

444号家具店里上年岁的木头,多有灵性,是那只紫檀貔貅唤醒了客人前世的记忆。

长生林中所见的一切,让秦若觉得无比惊吓,但她尽可能让自己在两位守林人面前保持镇定，但这份强加的镇定，却被杜卿和莫换看在眼中——千百年来，长生林中迎来无数形形色色的客人，镇定的背后，或许就有蹊跷。

她的视线重新聚焦在两个英挺男人身上："嗝，真没想到，我的前世居然是这样的女人。不过，赵家姑娘是赵家姑娘，我是我，嗝，我们并不是同一个人啊。我又没有做什么欺瞒他人的事，嗝，我只是想寻得良人，携手一生而已！嗝，为什么要折腾我？"

秦若扬起手，似乎觉察到，那手串才是始作俑者。她想将它摘下来，可是又想到那个让人肉疼的价格，最终还是没那么做。

如果紫檀貔貅给予她的是一种警醒，照理说，是有法子消除"恶果"的，但视觉上的惊吓对她是没什么效果了，不知道，心理上的惊吓能不能奏效？杜卿思索片刻，俯身在女人耳边说了几句话。

秦若立刻如遭重创般挺直了脊背，将目光直勾勾地挪到莫换身上，倒吸一口冷气："等等，莫先生，你是……妖、妖怪？嗝，那只……黑猫？"

"我不是妖怪。"莫换撇过脸，别扭地想要澄清，在被杜卿踩了一脚后，才明白这是团队配合，"或许，我比妖怪还要更可怕一些。"

他这话说得没错，他并非生来就是黑猫。他在濒死前和一只黑猫缚命在一起，这才勉强活了下来。当然，那又是另外的故事了。可惜，秦若根本不信他们的话，认为那些都是糊弄她的谎言。

"就算你们说的是真的，嗝，也不能阻止我的感情！"女人想起方才的经历，改了口，恨不得用眼神将面前的男人给吞下去，"这都什么年代了，嗝，人类都上月球了！难道我还要因为物种不搅蛮缠，妄图拿回几样女儿"招"来的宝贝。

毕竟，那也是自己早些年间的"勤劳"所得。

积压在心头许久的怨愤与不平终于尽数爆发，金卓全然不顾老丈人颜面，唤了家丁，连人带赃物一并送去了衙门。金家少爷很清楚，赵氏"嗝"出的那些宝贝，皆是老赵从他处盗来，他良心未泯，不敢将那些钱财据为己有，只小心存放在金府库房之中，寻找机会让它们重见天日。

至此，"人形貔貅"的骗局始末才被公之于众。

"无情亦可，无财亦可，可弄虚作假，欺瞒乡邻，便定然不是良人，不是良缘。"提及旧事，金家少爷面上仍有亏欠，"我至今未想通，自己对妻子三年缄口不言是对是错。但我知道，赵家父女定然是不该那么做的，理应得到报应。"

金家少爷不敢以局外人自居，坦白真相后，他面对丰都百姓们的辱骂和指责，三年来头一回如此轻松。他将手中布坊产业全数变卖，所得钱财在城中铺设道路，新修水利，着实做了几桩善事。

他将家中老人托付给兄长后，便出城游历，从此后再没有了消息。爱财是真，明理也是真，一城百姓，皆是唏嘘。

之后的一年又一年，白雪落满城中貔貅石像，再没有人提起赵家的人形貔貅。威风凛凛的瑞兽依然庇佑着勤劳的丰都百姓，人人丰衣足食。

世上没有缺席的恶果，是债就该还，是孽就该了。

444号家具店里上年岁的木头，多有灵性，是那只紫檀貔貅唤醒了客人前世的记忆。

长生林中所见的一切，让秦若觉得无比惊吓，但她尽可能让自己在两位守林人面前保持镇定，但这份强加的镇定，却被杜卿和莫换看在眼中——千百年来，长生林中迎来无数形形色色的客人，镇定的背后，或许就有蹊跷。

她的视线重新聚焦在两个英挺男人身上："嗝，真没想到，我的前世居然是这样的女人。不过，赵家姑娘是赵家姑娘，我是我，嗝，我们并不是同一个人啊。我又没有做什么欺瞒他人的事，嗝，我只是想寻得良人，携手一生而已！嗝，为什么要折腾我？"

秦若扬起手，似乎觉察到，那手串才是始作俑者。她想将它摘下来，可是又想到那个让人肉疼的价格，最终还是没那么做。

如果紫檀貔貅给予她的是一种警醒，照理说，是有法子消除"恶果"的，但视觉上的惊吓对她是没什么效果了，不知道，心理上的惊吓能不能奏效？杜卿思索片刻，俯身在女人耳边说了几句话。

秦若立刻如遭重创般挺直了脊背，将目光直勾勾地挪到莫换身上，倒吸一口冷气："等等，莫先生，你是……妖、妖怪？嗝，那只……黑猫？"

"我不是妖怪。"莫换撇过脸，别扭地想要澄清，在被杜卿踩了一脚后，才明白这是团队配合，"或许，我比妖怪还要更可怕一些。"

他这话说得没错，他并非生来就是黑猫。他在濒死前和一只黑猫缚命在一起，这才勉强活了下来。当然，那又是另外的故事了。可惜，秦若根本不信他们的话，认为那些都是糊弄她的谎言。

"就算你们说的是真的，嗝，也不能阻止我的感情！"女人想起方才的经历，改了口，恨不得用眼神将面前的男人给吞下去，"这都什么年代了，嗝，人类都上月球了！难道我还要因为物种不同而放弃真爱吗？"

"唔，这个理论很新颖，殷黎他们听到应该会很高兴的。"

"再说了，嗝，妖怪活了那么久，应该都很有钱吧？"秦小姐的声音戛然而止，反省着自己不小心说漏嘴的话，"我没别的意思，嗝，我就是想说：莫先生，你要不要考虑和我交往？我是奔着结婚去的，绝不是随便说说，嗝，我最近还在投资一个项目，很赚钱，如果杜老板感兴趣，也可以一起……"

"不要。"

"不感兴趣。"

"嗝。"

为了真爱，又或者是为了钱——这可真是婚姻关系中亘古不变的话题，但可惜的是，无论哪个，她都得不到啊。

想到这里，杜卿在她耳边又说了几句话，秦小姐意识到这里并没有自己想要的东西，她哭丧着脸跑出444号。

"你和她都说了些什么？"

"没什么。"

"没什么是什么？"

"无非是我们都很穷，买东西只敢等超市打折；你更穷，还欠了我不少，不可能给她的项目投资；还有——你可能不太喜欢女人更喜欢小母猫。也不知是哪句话惊到她了，反正，以后应该不会再缠着你了吧。"

杜卿全然没把自己的作死行为当回事，甩着袖子准备在漫漫长夜里找点事做，然后，他听到莫换一字一顿地唤了他的名字。

"杜卿。"

只有在说特别正经的事或者闹情绪的时候，莫换才会对他直呼其名,杜卿想了想,判断出眼下的境况,应该属于第二种……

那天,杜老板被自己雇的伙计结结实实地"修理"了一顿。

半个月后,杜卿在去殷黎的酒吧串门时,又得到些关于秦小姐的消息。

听说,她因为诈骗和非法集资被抓了进去,连旗袍店也盘给其他人了。更好笑的是,这消息一传开,盘古街上突然冒出好几个她的"未婚夫",个个都是老面孔,他们因为各种各样的理由给了她不少钱,少则被骗两三万,多则被骗几十万……目前,正在按照交往时间长短排队等候赔偿。

都过了一世了,怎么还在干老本行啊?杜卿无奈地摇头。

谎言这个东西,像水蛇,一旦从嘴里说出来,就将人给缠上了。为了不叫人看笑话,一个谎言往往需要更多的谎言来掩盖,缠在身上的水蛇一条又一条……想要喘气,要么,自己变为蛇的一部分,要么就被它们活活缠死。

前世的赵家姑娘是这样,现世的秦小姐,还是这样。

殷黎修长的手指夹着根烟,在蒙蒙雾气后哼笑一声:"那个女人啊,专挑盘古街上做生意的单身男人下手,以'结婚为目的交往'为噱头骗人钱财,差点儿还骗到我头上来,被我姐几句话给嘲讽走了。呵,也不看看我姐是哪个村出来的狐狸,居然敢在她老人家面前班门弄斧?"

大概是觉察到这话不像是在夸殷绯,殷黎低头又抽了口烟,换了个话题:"我听说,她之前有去找你做过生意?报酬拿到了吗?"

杜卿用一个苦笑回应他:还没有。

都是一条街上生意人，抬头不见低头见，他想那位秦小姐还不至于赖账，原本是打算等她情绪稳定后，再去讨要"允"字的……

没想到一别两宽，从此陌路。

"可恶。"

"又不是第一次白忙活，杜老板居然这么不淡定？"

"不是，我是在想，为什么那女人的目标是莫换而不是我？"懊恼的杜老板用一只手拍着大理石柜台，另一只手举起啤酒杯一饮而尽，"难道说，我的个人魅力已经沦落到连只猫都不如了吗？"

"哈，还真是……"

殷黎确实是这么想的：杜卿嘛，大概是曾经过惯了舒坦日子，如今平日里的吃穿住行都很随意，甚至可以说是怎么省钱怎么来，可他给莫换置办的行头都体面得很，人靠衣裳马靠鞍，自然更招女孩子家喜欢。可惜，老猫只能分辨出棉和麻的质地，却不明白清仓打折款和当季轻奢品的区别，还以为两人都是廉价品牌的衣服架子。

公狐狸的话让杜卿面露不悦。

殷黎打着哈哈，妄图掩饰过去："她是觉得你太精明，不容易上当吧？"

"唔，这个说法很站得住脚。"

"哈。"

笑过之后，两个男人却接连沉默。

整杯啤酒灌下肚子，杜卿才发出一点声音："要是我能早点发现就好了，或许，还能有办法让她迷途知返，至少，会比现在的结局更好一点。可我到底还是被她骗住了，以为那只是个简单寻常的女人，是被前世'恶因'所影响，才……"

即便是活了几千年的老怪物,偶尔也有"看走眼"的时候。

如果错过了公交车,可以再等下一辆;如果买了不合时宜的衣服,可以等到温度刚好时再穿上身;但有些东西,是命中注定的劫难,早些迷途知返,还有自救的可能,迟了,就什么忙也帮不上了。那一刻的无奈,无法用言语形容。

"只能说,关心则乱吧。"

"我关心谁了我……"

殷黎掐灭了烟,向酒吧门口抬了抬下巴。

莫换正站在玻璃门外向里张望,努力寻找杜卿的身影,他的怀里,又揣着只刚捡回来的受伤猫崽……酒吧里正在做清洁的女服务生们发出阵阵尖叫,也不知是因为看见了人,还是因为看见了猫。

杜卿不耐烦地啧了一声,起身往外去,一边走一边嘀咕。

春天,真讨厌啊。

五斗柜·抽屉里的第五双眼睛

"怎么样,这柜子……还可以吧?"

沿街不起眼的小店门口,两个男人正围着一只五斗柜瞧看,时不时发出一两句质疑又或者是赞叹的声音。其中等结果的人大概是因为太紧张,手里一支烟点了几回都没有燃,他气得想扔掉,又有些舍不得,最后悄悄放回烟盒,塞进口袋。

"值钱货!"验货的老行家给出了令人兴奋的回答,"真料子,是个值钱货!"

"那就好,那就好……唉……"

他一双三角眼死死盯着半人高的五斗柜,生满茧子的大掌来回在木头上摩挲,毫不掩饰自己的羡慕:"黄老板,你这回可真是淘到宝啦!降香黄檀,好料子,做工也可以的——出手吗?要是你想现在出手,我立刻去联系买家,保证有人愿意出大价钱!"

被称作黄老板的男人犹豫了一下,摇摇头,说不出手。

验货的急了,又劝了几句,但还是遭到了拒绝,他有些惋惜:

"黄老板啊，这可不像你的风格，有钱干嘛不赚？你不会是打算把这五斗柜当传家宝供起来吧？哎哟，我想起来了……还没恭喜你呢，老来得子啊！不出手也好，就当给儿子存个老婆本！再过几年，等行情再好点，这柜子啊，换个小二楼都没问题！"

大概是提及儿子，姓黄的男人眉头稍稍舒展，但很快，又皱了起来。

那人不依不饶："黄老板，这么个好东西你到底从哪个旮旯里淘出来的？多少钱收回来的？花了不少心思吧？"

"还好。"他不愿多说，敷衍了一句。

"哎哟，连我也不能说的啊？你们这些老板，就喜欢藏着掖着。"

"帮我稍微清理一下，小心点，别碰坏了，改天我请你吃饭。"

"成。"验货的又笑起来，"过几天就给你送过去。"

从店里出来后，黄老板的眉头却越皱越紧。他站在路边，重新摸了支烟，点起来吸了几口：是啊，为了把这宝贝从那个旮旯里淘出来，自己确实花了不少心思，甚至还可能为此折损几年寿命，也说不定……

他想起那个雨夜，想起那个古镇。自己浑身湿透，怀里紧紧抱着那只五斗柜，在泥泞中艰难地寻找能落脚的地方，而他的身后，瓦房已经变作一片废墟，几条鲜活的生命，也在睡梦中悄然离开。

推土机的轰鸣被喧哗的雨声所遮盖，刺眼的灯光照射在四分五裂的墙体上，隐约能够看见原本用油漆写在上面的一个"拆"字，闯了祸的司机惊慌失措，什么也顾不上，跳下车就在暴雨中狂奔起来……

四下再无旁人,男人彻底松了口气。这么多日子以来在这只五斗柜上花的心思,终于得到了回应。

他努力平复着心情,打算先带着好不容易弄到手的五斗柜,离开是非之地。但在各种或大或小、或远或近的声音中,一声微弱的婴儿啼哭却冲开一切阻碍,直直钻进他的耳朵中。

鬼使神差地,他转身开始折返。

染着一头招摇金发的年轻人站在家具店门口,抬眼看了看门牌:盘古街444号。确认地址无误后,他郑重地理了理发型,这才推门走进去。

大概是猜想大清早不会有生意上门,年轻的家具店老板正百无聊赖地坐在柜台后面玩网游,对刚进店的客人并不怎么上心。杜卿戴着耳机,一双清澈的眸子几乎没有离开过电脑屏幕,嘴里念念有词,也算是某种程度上的"十分认真"了。

金发年轻人盯着杜卿看了一会儿,心里嘀咕着,没想到这从不在群里发自拍的小子居然这么标致,而且那种自带的神仙气质又是怎么回事?然而很快,所谓的"神仙"就开始原形毕露,对着话筒神神叨叨:"这个T在犯什么混?不会躲BOSS技能吗?乱跑什么!我追在你后面奶,一套技能往你脸上甩,你居然还跑?不打了,都散了吧!"

哦豁,瞬间破功。

见他气呼呼地摘了耳机,金发年轻人犹豫着叫了一声:"小鱼干?哦,对不住,这会儿该叫你杜老板才对!"

听到略微有些陌生的称呼,杜卿疑惑地看着这位客人:"你是?"

"我是大黄啊！"

"咱们公会……会长大黄？"

男人兴奋地点点头："对啊，我就是大黄！之前和你一起打过那么多副本，今天总算见到真人了！不行，我得去群里和兄弟们说一声，我和公会第一奶妈'愤怒的小鱼干'面基了！我叫黄一聪，你叫我大黄就好啦。"

杜卿确实听说大黄最近在惑城旅游，只是没想到，他会特意来一趟盘古街。

大黄解释说，自己天天盯着电脑打游戏，眼睛最近出了点小毛病，医生嘱咐他多出门走动，亲近自然，所以才会被家里人赶出来"旅游"。可惜他宅男一枚，并没有什么特别想去的地方，一琢磨，杜卿的家具店好像就开在盘古街上——盘古街好歹也算是小有名气的旅游景点，离他家又不远，就买了车票，一路风尘仆仆赶来了。

"其实，还有个原因。"黄一聪有些不好意思，"我知道你一直和木头打交道，我想麻烦你帮我看看那只柜子——对，就是之前和你提过的那只降香黄檀五斗柜，我觉得它有点儿邪门。我爸去世以后，有不少他以前的朋友来找我，想买走它，出的价也挺有诱惑力，但我都没有答应。"

"邪门？"

"嗯，那五斗柜有五个抽屉，其中四个抽屉里有'眼睛'一样的木纹，但只有四个抽屉有，正正好好四双'眼睛'，这未免也太蹊跷了吧？"

"额，也许……是因为找不到第五块有那样木纹的料子了？"

"不，不是的，你不明白'四'双死不瞑目的眼睛意味着什么。"提及自身经历过的灵异事件,黄一聪显得有些激动,"我找了托运公司,把五斗柜运到你这儿来了,大概晚上就能到。我听说你也回收旧家具嘛,还兼职……处理一些灵异事件,是不是?如果那真是个宝贝,与其卖给那些老滑头,还不如卖给你!"

杜卿示意他先冷静,有什么情况等看到了东西再说。倒不是敷衍人,降香黄檀就是如今行情正火的海南黄花梨,因为有利可图,市面上以次充好、以假乱真的"流野"太多了,大黄家里那只也未必是真货,他可不想一口答应下来,然后当了冤大头。

不过,更好笑的是——黄一聪说的那些"老滑头",恐怕比自己这个"骨灰级滑头",差了几个段位都不止……呵。

有朋自远方来,自然免不了要招待。

杜卿略尽地主之谊,带黄一聪去盘古街逛了一圈,顺便打听了些黄父的事。

说起来,那位老黄也算是自己的半个同行,几十年前,机械化和流水线还没现在这么普及,想做套像样点的家具,必须得有木匠、雕花匠、油漆匠轮番上阵,花钱不说,还得花时间。所以,当时各地涌现出一批回收旧家具的商贩,五块、十块、十五块,挨家挨户收旧家具,集中翻新后再卖出去。还有些商贩慧眼识珠,用极低的价格买到了古董级家具,一转手,立马就赚得盆满钵满。

老黄家,就是这么发迹的。只可惜多年来东奔西走,投机倒把,累坏了身子,五十岁不到就确诊为肝癌晚期,最后也没能救治过来。

杜卿感慨着,人类的生命真是脆弱。

"报应吧。"黄一聪沉下声音,"生意人,有几个没做过亏心事？"

"我不是，我没有，你可别瞎说啊！我是个本分的生意人，儒商，侠商，义商！"

"哈哈哈，我没在说杜老板你啦！但你这个自封的称号，怎么这么多？"

"不要在意这些细节。"

不过，"报应"这个词自己倒是经常说，头一回从客人嘴里听到，反而觉得有点奇怪。生意人杜老板抬头望望天，顺便反省了一下最近有没有做过什么亏心事。

似乎真的有一件，因为莫换执意不肯去理发店，让托尼老师上门服务又实在不合算，他只好亲自操剪刀上阵，结果把某人的头发剪得像狗啃过一样，最后只能骗他说，这是最近的流行时尚……也不知会不会遭报应？应该，不会的吧？

"其实，我爸去世的时候，我一点儿都不难过。"

"为什么？"

"他不是我的亲生父亲，是我的养父，没有血缘关系的。"

"就算是这样，你们相处了这么多年……"

"你要是知道他曾经对我的亲生父母做过什么，大概就不会这么想了。"黄一聪收敛起先前没心没肺的笑容，忽然沉下声音，"你知道，我爸当年是怎么把那只降香黄檀五斗柜给弄到手的？"

金发男人的眼睛中流转出一丝怨气，又很快消失不见。

杜卿看着那双眼睛，微微蹙起眉头。

当两人一手啤酒一手烤串从外面回到店里时，已经接近午夜十二点了，而那只邪门的五斗柜也已经送来盘古街444号，被莫换搬进了店里。

大概是杜卿没打招呼就跑出去一整天、还留他一只猫看店的缘故，男人的脸色很不好。眼下又闻到两人一身酒味混着孜然味，他刀子似的目光便落在了黄一聪身上，恨不得戳出几个洞来，大有种老母亲为交到"坏朋友"的儿子而操心的感觉——尽管大多数时候，扮演老母亲角色的人，是杜卿。

"他是我玩游戏时认识的朋友。"杜卿赶紧介绍，"你叫他大黄就好。"

"因为毛色？"

"因为他姓黄。"

黄一聪笑嘻嘻地冲新朋友摇摇手："哥们，你这个发型还挺时尚的。"

听出了话语间的调侃，莫换的目光比之前更凶狠了。

真是哪壶不开提哪壶！杜卿一拍额头，立马心虚地拖着黄一聪快步走到那只五斗柜前，装模作样研究了一番，最后摸着下巴将话题绕开："居然不是'流野'啊！这么大件的降香黄檀，搁哪儿都是一摞钱，有人惦记着，也不奇怪。"

"什、什么野？"

"流野啊，就是假货的意思。"

"木头这玩意儿，还能有假的？"

"怎么没有？以一种木料冒充另一种木料，以一种工艺冒充另一种工艺，明明不是实木却非说是实木，不识货的买家偶尔看走眼，买到流野当成宝贝，也是常有的事。"杜卿拉开五斗柜抽屉扫了眼，惊羡道，"不过，你养父留给你的这五斗柜倒是货真价实的降香黄檀，就凭这料子上的'鬼脸'木纹……"

杜卿发现，拉开抽屉后，黄一聪的脸色就变得很不自在。

他重新关合抽屉，耐心解释："大黄，你担心的那些'眼睛'并不是什么邪门的东西，准确来说，那是降香黄檀内部长节疤后留下的木纹，也叫'鬼脸'或者'鬼眼'，越多越值钱。你要是不信我说的话，可以网上去看看其他降香黄檀的图片。"

"我知道，你说的这些我都听说过！但我觉得邪乎的是，那五斗柜的前四只抽屉里各有一双眼睛，一共四双，还差一双——这也太巧了吧？"他指指自己的眼睛，"差的那一双眼睛，就在我脸上。"

大概是面对着算不上特别熟识的人，黄一聪反而放下了戒备，将埋在心里的秘密全数倒了出来："我听说，我养父是在一个尚未拆迁完毕的古镇中发现那只五斗柜的。大概是觉得乡下人好糊弄吧，他出了个特别离谱的价格，结果那户人家不肯卖。他使了点手段，硬是把东西给弄来了。"

反正，整件事的结局是：那户家人因为暴力拆迁的缘故，一夜之间全死在瓦房里，黄一聪的养父如愿拿到了五斗柜，且没有直接证据证明他与那场事故有关联，再加上老黄口风紧，尽管同行都在猜测那降香黄檀五斗柜来路不正，但谁也说不出准话。

渐渐地，也就没人再议论黄家这些事了。

天下熙熙皆为利来，天下攘攘皆为利往，但凡有逐利之心，谁又会清清白白呢？

黄一聪摸着那只表面光洁的五斗柜，声音骤然变冷："我托人查过，在那场暴力拆迁中丧生的是一对夫妻和他们的两个女儿，不多不少，正好四个人——四张脸，四双眼睛！更巧的是，他们不是别人，而是我的亲生父母和姐姐。"

在客人说话间隙，莫换小声提醒杜卿，说十二点快到了，是把这黄毛小鬼丢出去,还是直接打晕了?

杜卿勉强地笑笑,忙说不劳他动手,自己有办法解释清楚。

黄一聪没在意两人的低语,继续说着自己的故事。他那时候刚出生不久,命大,然后被老黄带回了家,住上了楼房,坐上了小汽车,变成了体面的城里人。大概养父心里有愧吧,这么多年来,对他是有求必应。

他弯腰,打开五斗柜最底下的一层抽屉,里面的木料木纹平整舒缓,没有"鬼脸"和"鬼眼"的存在,可和前几个抽屉比起来,却让人有一种"缺了点什么"的错觉。

"如果那时我也死了,这柜子的抽屉里,就该有第五双眼睛了吧?那些'鬼眼',是我死不瞑目的家人啊!"

杜卿质疑:"这一切都只是你的猜测而已,没有亲眼所见,就未必是真相。就像大黄你,看上去每天都开开心心的,有空就带公会新人打打副本,攒攒装备。可谁能想到,你的心里藏着这么多事呢?"

黄一聪不发一言,盯着杜卿看了许久。

倒不是因为被他的话所触动,而是他发现,那家伙居然在自己眼皮底下换了一身古代行头,一头略带茶色的短发也不知何故变成长发。

"我的老天,这难道就是传说中的……一键换装?"

已经过午夜十二点了啊,杜老板悻悻抬起脸,想着又要开始忙碌了。

杜卿喜欢和年轻的客人打交道。至于原因,大概是因为他们从小受到各类穿越小说和穿越剧的熏陶,比较容易接受盘古街444号午夜过后的样子,也比较容易接纳"守林人"这种听上去就很"中二病"的身份。

果不其然,黄一聪一口答应支付"报酬",随即便带着一丝兴奋,一丝不安,紧随杜卿和莫换两人走入长生林——他想回到那段记忆中,去亲眼看看被尘土掩埋的"真相"。在长生树散发出的青色幽光之中,他的"话痨"本性开始露出苗头,喋喋不休追问杜卿:"这里有这么多的树,你们是如何知道我父亲的……呃,长生树在哪里呢?"

"莫换在开门时,就已经缩小过范围了。"杜卿饶有兴致地竖起一只手指,"你就当他是游戏里负责传送的NPC吧。"

"可这么大的森林,也要走很久啊。"

"进入'副本'后,角色自带加速BUFF。"

"那怎么确认是要找的树呢?"

"插件里一般都会有'自动瞄准'功能。"

"说真的,我本来还挺糊涂的,但听你这么一解释,好像都能明白了!"

"是吗?不愧是会长!"

莫换站住,用看白痴的眼神盯着两个人,杜卿这才意识到自己得意忘形了,挂着笑容迎上去,拍了拍他的肩膀。三人又往前走了一段距离,最终,在一棵已经几近干枯的长生树前停下,杜卿说,那就是你父亲的长生树。

人死,树枯,记忆散尽,因果归于尘土。

老黄的长生树,已然是枯木模样。

随着杜卿伸手触摸到树干,整棵树竟再度焕发出蓬勃生机:原本干枯脆弱的树枝变得粗壮结实,继而冒出无数嫩芽;然后,极快地舒展，成为叶片；大片大片的绿色由浅至深，最后，结出凝聚着树主生前记忆的果实。

黄一聪看得有些痴傻："这回是什么？"

"唔，你就当做是复原先前状态'回春术'吧。"

"不愧是公会第一奶妈！"

杜卿笑眯眯地刚想接话，没想到和某人冰冷的眸光碰了个正着，他立刻将想说的话全数咽了下去，继而将位置让出来，冲莫换做了个"请"的手势。这次要"回溯"的时间和空间都非常明确，黄一聪还没回神，便被莫换拽了一把，直挺挺栽向那棵象征着老黄生命迹象的、刚刚"回春"不久的长生树。

黄一聪能感觉到，从树枝上蔓延而下的藤蔓温和地包裹着自己，像极了养父的怀抱。

莫名的力量牵扯着他，仿佛要将他和这个时空彻底分离。

"喂喂，这又是……什么鬼……"

"唔，你就当做是传送法术好了。"

在被藤蔓完全"吞噬"的前一秒，他看见杜卿用口型对自己说，旅途愉快。

黄一聪睁开眼睛，发现自己躺在一张简陋的床板上，头顶上是破旧的三叶电风扇，就连周围的墙壁，也是颇有年代感的灰泥……睡惯了席梦思的青年人，立马感到不适，正想坐起身来离开这里，却发现自己根本没办法完成这个简单的动作。

他想喊人，喊杜卿或者其他什么人，一张口，却是"哇哇"的婴儿啼哭。

Shit！他心里骂了一句脏话，愤怒地挥动着……两只胖嘟嘟的小手,一旁正在整理东西的女人不耐烦地塞了个奶嘴在他嘴里,骂骂咧咧地又走开了。当黄一聪心里骂第二句脏话的时候,杜卿的声音在他耳边响起:"抱歉啦,大黄,那个时候的你确实是个小婴儿,先委屈一下吧。"

"咦?你怎么……我知道了,我会当做是'系统提示音'的。"

"孺子可教也。"

婴儿的脸向侧面转了一下,很清楚地看见了一只被搁置在屋子里的五斗柜,很显然,这里是他亲生父母的住处。他看见一个男人在门口和另一个男人说话,其中一个,就是他的养父老黄——当然,是年轻版的老黄。

他将一叠钱塞进户主的手里,恳求道:"曾大哥,四千块钱我凑来了,按照约定,这五斗柜我能带走了吧?"

黄一聪飞快算了笔账:二十年前,乡下,四千块……啧,这可不算一笔小数目了。就算是为了回收一只古董级别家具,按照当时的行情,这代价也太大了点吧?精明如老黄,怎么会做这么一笔不赚钱还闹心的生意呢?

杜卿也感慨道:"你老爸出的这价格,是挺'离谱'的。"

黄一聪没说话,眼睁睁看着户主男人将老黄拒之门外:"四千?四千不够!你们这些生意人我见得多了,你说四千,这柜子至少能翻一倍。我明天就去村口找漆匠刷个漆,翻个新,还能再翻一番!你不给我八千块,这柜子我不会给你的!"

老黄急红了眼,用手扒着门缝,几乎是喊出声来:"你别上漆!八千是吧?八千就八千,我给!你等我一周,我会去借钱来的。你……你别找人上漆,这柜子不能这么糟蹋的!"

男人心满意足地点点头:"我可没那么多时间等着你,这儿可都拆干净了,又断水断电的,我们一家五口人呢,待不了几天的!明天吧,你明天把八千块带来,我就让你把那柜子带走。真是的,早点儿这么爽快多好,你我都省事。"

他重重地将门关上,转身对妻子使了个眼色。两人脸上都喜滋滋的,顾不上瓦房里杂乱堆放的生活用品,齐齐坐在用床板和条凳搭成的简易"床"上,开始合计着继续向镇里讨要拆迁款的事。原来,这片住宅早就被划为拆迁区,每家都按人头赔付了一笔拆迁款,谁知道,这对夫妻努力了一把,居然赶在拆迁前又生了个孩子——正是后来的黄一聪。

当然,那时候他还不叫这个名,而是叫曾添。

添了口人,那自然也要多添一份拆迁款,于是夫妻两人心里打了算盘,又搬回早已贴过封条的瓦房里,成了名副其实的"钉子户",大有拿不到钱就绝不离开的势头。

"听说,这几天拆迁队的领导就要过来了,我们再忍忍。"

"我知道,这两天你多看着点,已经拆到前面几家人的房子了。哎哟,真没想到,天上掉馅饼,多了个儿子,还多了笔钱,还有个傻子要花大钱买我家这破柜子!我老曾啊,也算是要飞黄腾达喽!"

床板上的婴儿停住哭声,看着身边嘴脸丑恶的大人们,一时间,心中五味陈杂。

入夜后,暴雨来的始料未及。

重新体验了一回"初始角色"的黄一聪根本无法入睡,模模糊糊间,他看见窗外闪过一个人影,但所有声音都隐没在雨声之中,除了杜卿的"提示音"："这就是你说老黄使的'手段'啊？生意谈不拢，就夜里过来偷……咦，我说错了，这不算偷。"

一叠钱从门缝里被塞了进来。

不止四千块，但也没有八千块。这家人的"狮子大开口"着实让老黄焦头烂额，他这时候并没有发迹，本质上还算是个老实人，口袋里的钱不够，又担心柜子被糟蹋。奔走一天，好不容易又凑到些钱，赶紧送了过来。

偷东西固然是错的，但冥冥之中，这样错误的举动，也埋下了一些因果。

如果非要说有什么遗憾的，就是，他并没有惊醒这家一家五口人。

"我爸，呃，我是说我的养父老黄……"黄一聪想一下，"还挺酷的。"

床榻上的中年男子鼾声如雷，女人紧闭双眼，他们的两个小女儿打了地铺，也陷入熟睡之中，只有那个身体里寄宿着二十来岁灵魂的小婴儿，瞪着双无知的眼睛，静静等待着厄运的降临。

其实他想哭，但是嘴里被塞着奶嘴，声音瓮声瓮气，实在引不来多大动静。

命运本是如此，他知道，自己无法改变。

暴雨、灯光、马达、铁铲、还有瓦房……这些词汇，最终编织出一场意外。新来的推土车司机并不知道原本已清理的拆迁房中，偷偷住进了一家人，他急着完成上头交代下来的工作进度，却在大意间，搭进去了四条人命。

"喂！停下！快停下——这间瓦房里还有人啊！快停下！"

莫名出现的男人，疯狂跑向推土车。他不停挥手示意司机，让他不要再继续向前，但一切都来不及了。瓦房最终变成一堆废墟，建筑顶部摆放的蓄水缸和一些其他杂物，都成了能够杀人的凶器。

那满心期待能够多拿一份拆迁款的夫妻，追逐利益的念头戛然而止。

钱对他们来说，再也没有用处了。

大雨之中，被压在床板下的小婴儿大声啼哭着，也不知是在为谁而悲伤。

终于，一双手扒开了他身上的土块和杂物，将那个小小的生命紧抱在怀中……

黄一聪重新回到盘古街444号的时候，整个人都颓靡不振，连那一头招摇的黄毛都失去了光泽。他蹭了附近酒吧的wifi热点，匆匆扫了杜卿用墨汁画在宣纸上的二维码，也并没太在意身体上出现又消失的"允"字。

他走到那只五斗柜前面，深深叹了一口气。人的感情有时候很复杂，并非除了爱，就是恨，还有一些交织在一起的奇怪情绪。尽管知道自己的亲生父母是因贪财而丧命，但生命陨落，总是一件令人悲伤的事情，而他却什么也改变不了。

杜卿走过去，轻声安慰了一句，节哀。

黄一聪挤出一丝笑容，摇头示意自己没事，只不过这个脑海中笃定多年的"真相"接连翻转几次，他暂时还有点不能完全接受。原本以为无辜之人，其实是自作孽不可活；原本以为奸诈之商，却还有些多管闲事的热心肠。很难理解，真的很难理解。

但人为财死，鸟为食亡，不管在什么年代，都不缺这种故事。好像，又可以理解了。

"对了大黄,方才你不在,我又仔细琢磨了下,那五斗柜抽屉里的四双'眼睛',是降香黄檀天生的木纹,并没有什么邪门的地方。至于你所在意的数字'四',我觉得是巧合,即便当年你没有被老黄救下,那柜子里也不会出现第五双眼睛。它只是个木料昂贵的柜子,并没有承载这世间任何怨念和不甘。"

"嗯,让你费心了。"

"不过,还是得少打游戏、少玩电脑!不然,你的眼睛可真要废了!"

"我妈好像也说过类似的话……"

两人你来我往地鬼扯了几句,莫换站在一边,有些插不上话。这并非是他第一次觉察到自己和这个时代格格不入,每次看到杜卿游刃有余地"活"在现世,不断尝试新的事物,不断结识新的朋友,总会让他打心底里感到不安,像是坚硬的、稳固的、引以为傲的铠甲被戳穿了一般。也许,这就是他们两个的不同之处吧。如果不迎头赶上的话,很可能,就要被那家伙远远甩下了。

在莫名的反思中,莫换悄无声息走到角落里,重新变回了猫的样子。他想,自己之所以可以毫无理由地去否定这个世界,是因为有人在帮他接纳它。

尽管极力挽留,会长大黄还是不愿留在盘古街444号过夜。大概还是有些在意这里的诡异气氛吧,他匆匆买了车票,连夜坐车离开了。

临别时,杜卿委婉地询问黄一聪是否还要出手五斗柜——其实他想问,之前说要卖给他的话还作不作数。这柜子要是能一进一出,几年的房租水电可就不用愁了啊!但是,身为一个儒商、侠商、义商，这话他实在问不出口，只能用眼神给予暗示。

黄一聪无视了杜卿的眼神。他摇摇头，说不出手了，给多少钱他也不会出手的，毕竟，那是他老爸留下的最宝贵的东西。

送走客人后，杜卿瘫在那张花梨木躺椅上，将靠背放平，闭着眼盘算今天"略尽地主之谊"到底花了多少钱，又在日常开销的哪里能省出来。他第一个想到是猫主子的金枪鱼罐头，倒是可以少买几个，可这笔钱说到底是自己花出去，偷偷在员工伙食费里克扣，似乎有些不妥吧？他咬咬牙，决定这次游戏里新出的活动不氪金了。

正感慨着自己的"舍己为人"，一阵小兽的呼噜声忽然在他耳边响起，黑猫揣着前爪伏在他胸口，抖了抖胡须，顺势将毛茸茸的脑袋抵在他脖子上。被猫主子一反常态的"示弱"举动惊得说不出话来，杜卿隐隐有种不祥的预感，莫名绷紧了脊背："你怎么了，生病了吗？"

"下次出去一整天，记得和我说一声。"

"好，我记住了。"

"还有……"

"还有什么？"

"明天带我去理发店。"

"你说什么？等等，你居然主动提出要去理发店？"

"闭嘴。"黑猫亮出爪子，"准备好钱，带我过去就行了。"

并非是凶巴巴的语气，而是请求，甚至，还带着一点点委屈……

杜卿将小猫这些难得的情绪照单全收，心想，明天又是很有趣的一天。

檀木梳·头发疯长的女孩

将布袋里最后一点草木灰倾倒在双生朽木根部后,杜卿捋起袖子,低头看了一眼。

原本显现出树皮般纹路的手臂,已经开始缓缓复原——皮肤如病变般干裂,算是"养料"不足的一种征兆,好在长生林中还有不少刻下"允"字的长生树,足够支撑他和莫换度过很长一段时间。

他将草木灰压实,正准备起身离开,扭头却看见一颗毛茸茸的脑袋,凑了过来。

说是"毛茸茸",一点儿都不过分。因为头发太长太蓬松,让那颗脑袋在视觉效果上大了好几倍,脖子以下的身体又十分娇小,随时可能因为头重脚轻而摔倒,看上去极不协调。更要命的是,那家伙一身白衣,不发一言在杜卿身边站了许久,周身散发着瘆人的气息,简直就是个缩小版的贞子。

"终于……找到你们了!我找得好辛苦哇,终于……"带着一丝怨气的女孩声音在耳边响起,幽深的长生林中,传来了好几重回音,"我今天……就要,就要……"

一双苍白的手,缓缓伸向面前的青衫男子。

杜卿背后冷汗涔涔,一屁股跌坐在地上,大喊一声:"鬼、鬼啊!"

繁复的衣摆在周身铺散开来,一向气定神闲的杜老板,眼下着实狼狈。闻声赶来的莫换很快在他身后落定,看了"鬼"一眼,又冷冷瞥了他,毫不留情地嘲讽:"你一个半死不活的家伙,还怕鬼么?"

他顺手将"毛茸茸"提溜起来,双脚离地后,那小家伙就开始哇哇乱叫。

所以,自己这算是……人设崩了?

杜老板红着脸默默爬起来,争辩道:"只、只是稍微紧张了一下,毕竟,这几年很少在长生林里看见活的东西了嘛!再说,这位客人怎么看也不是人类吧?"

长生林中也会有不速之客,其中大多数是馋嘴的灵兽或精怪。

午夜过后,它们从偶尔出现在别处的时空裂缝潜入长生林中,偷食长生树上的果实。因为记忆之果被吞噬,有些人会莫名其妙遗忘一些重要的事,无论怎么提醒,都再也回忆不起来。

最初,守林人的存在就是为了驱逐那些"小偷"。

不过在最近几十年,除了不断增加的长生树,长生林中已经鲜能见到其他活物了,一是因为世界变化太快,为了融入现代生活,大家都在拼命隐藏身份,赚钱谋生,根本没时间招惹事端;二是因为炸鸡和肥宅水远比果子好吃太多,点点手机就送货到家,谁还会冒着被揍的危险大费周章地跑来偷东西呢?

反正,杜卿觉得这个发展趋势挺好——他和莫换也能落得个清闲。

两人各有心思，目光却不约而同落在那个"毛茸茸"身上，等着答案。

"木头！我是木头！我折腾了好几个通宵，终于通过时空裂缝来到了长生林。我、我来找守林人，是有事要拜托你们……"见终于有自己说话的机会，那家伙停止挣扎，伸手拨开遮住脸的浓密长发，露出一张稚气未脱的脸，按照人类的年纪来算最多只有十多岁，全然没有危险的样子。

杜卿嘀咕着"原来是客人啊"，赶紧示意莫换将她放下来。

女孩清了清嗓子，继续自我介绍："准确来说，我是一把檀木梳。几天前，我被人类考古队从贤妃娘娘的墓穴里挖出来，趁他们不注意跑了出来——对了，我叫谭沐沐，是我给自己起的名字，很可爱吧？"

这回，杜卿算是弄清了这小鬼的身份：是个出土文物。

上了年岁的木头大多有灵性，一把陪葬的檀木梳能够变成人类的样子，倒也不是什么奇怪的事。他冲着谭沐沐点点头算是招呼，又指了指自己："我叫杜卿，是盘古街444号有家具店的老板，这家伙叫莫换，是我看走眼雇来的赔钱货员工兼镇店之宠。"

"喂，故意找茬吗？"

"我只是实话实说。"

莫换冷哼一声，并不打算和那个成天"在作死边缘试探"的家伙计较，毕竟，眼下他有更重要的事急于确认。他暗暗打量那个突然出现在长生林里的小鬼，正想打听些事，却听见杜卿开门见山地提出质疑，问她是不是因为"头发"才找来了这里？

"是啊，这个发量确实让我饱受困扰。"

"想开点,现在的年轻人十个熬夜九个秃头,但你就不会有发际线退后的困扰。"

"就算杜老板这么说,我也高兴不起来。"谭沐沐从口袋里摸出一把剪刀,将海藻般遮住脸的头发剪下一大把,然而,剪短的头发很快就以肉眼可见的速度生长出来,重新遮盖住她的脸,不禁让杜卿联想到"长势喜人"这个词。

"只要我变成人类的样子,头发就会一直疯长。像我这样的木灵,又不会改变容貌的术法,只能来请守林人帮忙了。"她一边不停地给自己剪头发,一边委屈巴巴地看着杜卿,"我听说过你们的规矩,也愿意支付报酬。如果不把头发的问题解决,我可没勇气在这个时代生活下去。"

已经很久没有遇到过这么"上道"的客人了,感觉整个人都轻松不少,心情大好的杜卿盯着谭沐沐的头发看了一会儿,忽然搓着手凑上去:"报酬好说,不过,你能不能……多剪些头发留给我?"

"杜老板要我的头发做什么?"

"唔,盘古街上有小商贩高价回收长头发。"

生财有道的杜老板话还没说完,就被自家员工用细竹竿狠狠敲了脑袋。

虽然睁眼已是千年之后,檀木梳在成为陪葬品前的经历,宛如前几日才发生的事。

谭沐沐告诉两人,自己当年被一位皇帝当做礼物送给了最心爱的妃子——正是那位墓穴里的"贤妃"。从此它深居宫中,不知宫外春秋变化,眼中只有那个艳压群芳的女人。贤妃娘娘能歌善舞，花容月貌，特别是一头乌黑浓密的秀发，让宫中其他妃嫔嫉妒不已。她入宫三年，便得专宠三年，皇帝耽误朝政，引起文武百官不满。

第四年，有外敌来犯，皇帝却依旧沉迷美色，无心迎战，直接提议割地求和，终于引起国中暴动。百姓将贤妃称为"妖妃"，权臣接连兵谏，要求皇帝杀死"妖妃"以平众怒，皇帝为巩固江山社稷，不得不顺应"民意"，将贤妃赐死。尽管如此，他还是将深爱之人的尸体葬入早已修建好的皇陵合墓之中，并发誓，此生绝不立后。

檀木梳子抹抹眼泪："皇帝对贤妃娘娘的爱，日月可鉴。"

杜卿蹙眉："可若是真爱，就不会让她……"

他没有将话说完，一来是不想强行改变客人心中的真实想法，二来是因为那个时代的身不由己，他自己多少也感受过一些。杜卿清了清嗓子，改口说，听上去那不过是个有些凄凉的爱情故事而已，并没听出有什么灵异成分。

"可是，皇帝原本赐给娘娘的是条白绫，第二日来收拾的宫女却发现，娘娘并没有用白绫自缢，而是用自己的头发……"

见谭沐沐眼神黯淡下去，杜卿拉扯着自己的头发半开玩笑，想缓和一下气氛："那位贤妃娘娘的长头发，平日打理起来一定很麻烦吧？你看，光是我现在这个长度，就已经让人头疼了。"

"不是的，娘娘的头发虽然很好看，但原本也没有那么长。那些头发，是在她决意赴死前忽然长长的——就像是怨念从身体里倾泻出来一般，又可怕，又疯狂，那画面我一辈子都忘不了！贤妃娘娘一定是带着无奈与恨意离开这个世界的！"小女孩回忆起那个美丽却悲情的女子，眼角泛红，"贤妃娘娘一定是将对爱人的恨意，发泄在了我的身上，然后变成了诅咒！"

杜卿琢磨着，追溯到几千年前，这木灵不过是把深居简出的檀木梳而已，就连变幻人形都做不到，不可能种下所谓的"恶因"，可若真是碰上"诅咒"这种在他们业务能力范围之外的东西，那就很难办了。

没有金刚钻，就不揽瓷器活，杜老板委婉地向客人表示，这单生意他们接不了。

避开客人满是失望的眼神，他正打算招呼莫换送客，谁料那家伙却纹丝不动地倚靠在双生朽木的树干上，带着点数落自家老板的意味，开口道："妖妃、善舞、祸国、赐死……这些词凑在一块，杜卿，你难道就没想起一个老熟人吗？"

"不会……这么巧吧？"

"这小鬼能在我们租住盘古街444号时找来，也算是一轮因果吧。"

"说的也是，要是几年前来寻我们，怕是就真的无缘了。"杜卿用手敲敲脑袋，责备着自己的疏忽。他看了谭沐沐一眼，改口说这单生意可以接，运气好的话，或许还能让她亲眼见到贤妃娘娘。

他特意强调：活着的贤妃娘娘。

谭沐沐撩开依然在不断生长的头发，圆溜溜的眼睛中满是讶异："杜老板，你是说，娘娘她还没有死？可是，我从考古队跑出来之前，明明见到娘娘的尸首还好好的躺在棺材里啊！"

杜卿冲着一脸不可思议的客人，做了个"请"的动作。

而在他身后，莫换已经打开了重回盘古街444号的"门"。

家具店门口悬着的古旧灯笼，在黑夜中散发出青白色火焰，像一只巨大的眼睛,似是要看清楚这世间的一切真伪、善恶和因果。

随着大门开合的声音,身形矫健的黑猫领着一男一女从外归来。

端坐在案几边的小女孩无端紧张,用手指拼命绞着裙子,乌黑的长发堆积在她身后,俨然成了一座小山。这长度、这发量、这色泽……应该能卖个好价钱吧?杜卿心里的小算盘一刻不停地拨动着,直到看见莫换变回人的样子去斟茶,他才起身招呼来者入座。

几秒钟后,他们就听见谭沐沐情绪激动地对那个穿着不成套睡衣、头上挂着一溜卷发夹的女人大呼小叫:"娘、娘娘……这么多年了,我终于又到您了!"

说罢,竟起身冲来者扑了过去。

打着呵欠的女人着实吓了一跳,抬起脚把那个"缩小版贞子"踢出老远,不满道:"这是什么新型碰瓷啊?张口就喊我'娘'是几个意思?杜老板,小猫儿,你们大半夜喊我们姐弟俩过来,就因为这个小鬼?那我可要好好澄清一下,虽然我谈过很多次恋爱,但从没下过崽啊。"

谭沐沐揉着屁股站起来,没走几步,又被碍事的头发绊倒。她只能委屈巴巴地看着杜卿。

后者耸耸肩,用眼神示意客人:这位就是你要找的贤妃娘娘,活的,本尊。

殷绯跷着二郎腿坐在屋子里的圈椅上,有些无奈地盯着身材娇小的人形檀木梳。顶着颗发量惊人的脑袋,谭沐沐一点点挪到她的身边:"娘娘,您真的不记得我了吗?"

"拜托,我当年睡过的大小皇帝十二星座都快凑齐了!我怎么记得是在什么时候、哪座行宫里见过你啊？你是……梳子？檀木木灵？我老啦，真没什么印象了……"

经不住谭沐沐倒豆子一般的发问，母狐狸已然有些不耐烦，频频向杜卿使眼色，希望能够尽早结束这样的"叙旧"。但杜卿、莫换和殷黎三人已经转而聊起了别的话题，间或还能听见"宫斗MVP玩家""每一任丈夫都不简单"之类的话。最后，杜老板做了个总结性发言：那位皇帝要是知道自己宠爱的妃子在几千年后和一群老太太沉迷广场舞，估计会气得掀开棺材板坐起来吧。

殷绯摔了个瓷杯，三个男人终于安静了下来。

她眉眼一挑："说吧，到底是怎么一回事？"

杜卿指了指谭沐沐："这位客人说，你当年无意间给她下了诅咒，让她的头发疯长成这样。绯姐，体谅下我这儿难得有生意，帮这孩子恢复正常吧！要是你记不清发生了什么，我和莫换很乐意去长生林帮你找找曾经的记忆——顺便一说，报酬，会由这位客人来支付。"

檀木梳子变化成的女孩拼命点头。

殷绯拨弄着头上的卷发夹，看了谭沐沐一眼："杜老板这可真是抬举我了！狐狸精通化形，在古时也算是祥瑞的象征，怎么会和诅咒扯上关系呢？不过，说到头发，我倒是想起来好像是有那么一次，我是用头发'杀死'自己的。但事情的真相，和你们了解到的不太一样。"

"局外人眼中的真相，多少都带着些自己的猜想。"

"说的也是，所以，才会有人来盘古街444号寻找'真相'啊。"殷绯站起身，熟门熟路地往衣柜的方向走，扬手示意莫换打开通往另一个时空的通道，"反正也是闲着，就给你们讲个故事吧。"

数千年前,神州最北有个小国,名叫乌琼。

年轻的皇帝名叫彭鸣,骁勇善战,所向披靡,深受百姓爱戴,在他的带领下,乌琼大军抵御住周边诸国一次又一次的进犯。然而,随着局势越来越安定,百姓越来越富足,彭鸣渐渐开始满足于自己的功绩,未曾有过居安思危的念头。

从乱世到治世,王座上的男人面临着新的挑战。彭鸣深知自己并不善于政务,遇事不免优柔寡断,很快,朝中大权渐入外戚之手。好在那几年风调雨顺,国泰民安,乌琼国这座堡垒依旧坚固非凡,没有露出任何破绽。

随着时间推移,乌琼周边诸国又开始蠢蠢欲动,边境骚动不断,百姓开始对朝廷颇有微词。而那些把持朝政的外戚们,越是居于高位,想要的东西就越多,终于将黑手伸向了乌琼引以为傲的军队——他们将军饷装进了自己的口袋。

那些跟随彭鸣为国家出生入死的兵将们,如今却连一口饱饭都吃不上,人未死,心却凉。如此一支外强中干的队伍,如何能与他国抗衡?很快,乌琼大军节节溃败,哪怕是彭鸣亲自挂帅上阵,也扭转不了注定的败局。

殷绯进宫后的第四年,乌琼国中起了动乱。百姓依然相信着那个被奉为"英雄"的男人会带来胜利和安宁,于是,他们都将罪责推到了女人和妖怪的身上,当时最为得宠的贤妃,立刻成为众矢之的。

她是皇帝在一次狩猎途中带回的寻常女子,身份不明,虽有着惊人的美貌,背后却没有任何势力帮衬。独得皇帝宠爱三载,见证了乌琼由盛而衰的过程,这位贤妃,无疑是整场祸端最好的替罪品。很快,她就被打上"妖邪"的印记,推上风口浪尖。

外戚们为了掩饰罪行,在国中散布消息,说只要处死迷惑皇帝的妖妃,乌琼国就会再度昌盛。即便心怀不舍和愧疚,但无计可施的皇帝最终也只能选择相信这样的说法。他却没有告诉贤妃这件事,也许是不知道怎么开口,也许是觉得没有必要告诉她。毕竟整个后宫女人都是他的东西,她们的命运,都由他来支配的。

杀死"妖妃"的计划,一直在暗中酝酿。只是所有人都不知道,被他们口口声声骂作"妖邪"的贤妃,确实不是个人类。

那是一个再寻常不过的晚上,美丽的女子正在宫殿中对着铜镜梳理自己一头如若乌云般的长发,她手中的檀木梳子小巧精致,那是她与爱人的定情之物。她在等待,等待一国之君的到来。

可是那一晚,她没能等来那个男人,却等来一条他赐给她的白绫。

茂盛鲜活的长生树上,挂满了琳琅的记忆果实,昭示着树主无比精彩的一生。

殷绯仰头看着其中一枚果实,嘴角浮出一丝苦笑:"我那时答应彭鸣入宫为妃,只想过几年'衣来伸手饭来张口'的舒坦日子。乌琼国灭,对我来说并没有好处,我不止一次地劝过彭鸣,让他用人唯贤。可惜那男人只懂征伐之事,始终不知'贤'为何意,还赐我一个'贤'字做封号,想想也是可笑。"

殷黎耸耸肩,道了句世人都道红颜祸水,美人乱世,却不知姐姐入宫,只想骗吃骗喝。

"人类的固有印象总是很难改变的。"杜卿趁机刷了一次存在感,"就像提及生意人,大家都会想到'一本万利''无奸不商'之类的词,可事实上,也有像我这样从商多年,却一直挣扎在温饱线边缘的良心生意人。"

莫换冷冷拆穿:"你赚到的钱都用来打游戏了而已。"

杜卿反驳回去:"不是,主要是因为我养猫,养猫烧钱!"

殷绯用一个颇有兴致的眼神结束了两人的言语对峙:"正因如此,很多人都相信了那个所谓的'妖妃'传闻,他们深信,只要除去皇帝身边的妖邪,乌琼国就会渡过难关。我在彭鸣身边骗吃骗……呃,俗话说得好,一日夫妻百日恩,如果'贤妃'的死,能救下一个国家的百姓,也是件很划算的事情。我想行吧,就当是帮彭鸣那傻小子一次吧。"

为了证明贤妃真如传闻所言是个迷惑君王的妖邪,安抚乌琼国人的心,那天晚上,殷绯故意用化形的法术令头发疯长,然后用头发"绞死"了自己……

因为不想给狐狸族群抹黑,她没有留下任何关于真身的象征,甚至还用一截烂木头变化出了尸体,故意混淆身份。

殷绯说得很轻松,毕竟,那也不是她头一回诈死。金蝉脱壳的法子她谙熟于心,换一个国家,换一重身份,又是一个骗吃骗喝的宠妃。

"但是娘娘,我这疯长的头发又是怎么一回事啊?"

母狐狸瞥了一眼木灵,细细回想了一番,说自己当年施法时可能没注意发髻上还插着把檀木梳,不小心残留了术法在上面。她抬起手,轻抚谭沐沐头顶,淡淡红光过后,那些长度惊人的头发便徐徐落下,变作齐肩"学生头"的长度。

谭沐沐甩了甩利落的短发,终于感受到了化为人类后的美妙。

她连连道谢,忽而又问:"娘娘,那个时候……您是哭了的吧?"

嗯?殷绯眯起眼睛,面露不快。

八卦之心,人皆有之。三个男人不仅没有阻拦作死的木灵,反而不约而同竖起耳朵等着听殷绯如何糊弄过去。

谭沐沐并没有觉察出气氛的变化,不依不饶地追问:"我记得您在看见白绫的时候,是哭了的。如果不是埋怨陛下的决定,您为什么要哭呢?还有,愿意背负'妖妃'的罪名平息百姓的愤怒和指责,也是因为,您深爱着他吧。"

她满脸写着一个"迷妹"的期待,以为能够听到令自己满意的答案。那是她所憧憬的爱情故事,即便真相令人唏嘘,但她还是希望能够听到当年的主角吐露一点点心声,只要一点点就好。

可殷绯到底是个脑回路和正常妖怪不大一样的奇女子,她丝毫不掩饰地摇摇头:"小梳子,你弄错了哦,我可不会因为爱情而哭泣。对我来说,爱情是锦上添花的东西,永远不会是生命的全部。"

"所以……"

"所以,那个时候,我其实是在为女人而哭泣啊。"

"诶?为了女人?"

"是啊,因为我觉得悲伤。"母狐狸深深吸了一口气,细长的眼眸中有一点凄凉,"为何那些男人,总要让女人来为他们的无能和过失负责呢?我那时在想,如果贤妃只是个寻常人家的女子,面对这等飞来横祸,她除了认命,又能怎么做呢?"

肉腐出虫,鱼枯生蠹;怠慢忘身,祸灾乃作。

再坚固的堡垒,只要内部开始坍塌,就再无回天之力,正如那个名唤乌琼的国度。

赐死"妖妃"后，皇帝虽悲痛不已，却不得不强打起精神，率兵出征，抵御外敌。军中士气虽有高涨，却依然没办法解决缺少军饷的难堪，不得已，朝廷开始加重百姓赋税，却依然没有办法填补国库中被掏空的窟窿。

一年后，乌琼国还是被灭了。

殷绯接着说："后来我听说，彭鸣不甘成为敌国阶下囚，在战场上拼杀到了最后一刻。他这点性子，我倒是挺喜欢的。"

谭沐沐难以释怀地轻呼一声，这是她作为陪葬品被送入皇陵后所不知道的事。她醒来后还奇怪合墓中竟没有陛下的身影，原来他并没有安稳度完一生，虽然用自己心爱女人的性命换来了苟延残喘的一年。

"那些自私的男人们啊，为了保全自己的利益和名声，可以想尽一切理由，将所有罪责推卸到女人的身上。历史的长河中还有无数个彭鸣，从帝王到百姓，一直以来，他们区别对待男人和女人，无端给女人贴上各式各样的标签。"

"娘娘……"

谭沐沐喃喃地唤了一声，她忽然想起，自己曾看见过的那些妃嫔，在她们精致的妆容下藏着疲惫和倦意，也许那是在为命运由衷感到悲伤。发生暴动时，就算没有贤妃成为替罪挡刀的"妖邪"，也会有丽妃、清妃、元妃作为"弃子"被赐死……

随便是谁都好，只因为她们是女人，便能被身为皇帝的丈夫左右命运。

"几千年来，这些事我见得太多了。生不出儿子，是女人的错；丈夫生病，是女人克夫；家中有灾有难，是女人身上带了污秽……他们总能想到理由,将女人拖下水!"殷绯双手抱着肩膀,毫不客气地数落,"还有,现在的那些男人,口口声声要求自己的妻子牺牲事业,献身家庭,可到最后呢?当日子过不下去的时候,他们只会跳起来指责家中的妻子不挣钱,不能帮自己分忧解难,却从不反省自己的无知和无能,这算哪门子的委屈啊?"

杜卿、莫换和殷黎三人都没有说话,皆露出"生而为男人我很抱歉"的表情。

"最可笑的是,不仅男人这么认为,有些女人居然也这么认为。当年,逼彭鸣赐死贤妃的乌琼百姓中,有多少是和我一样的女人啊!她们明明连自己的命运都无法掌控,却在大谈'女德'和'妇道',不觉得很可悲吗?我只是,在为她们而哭泣啊。"

长生林里的天空,深沉的如同沾染上了墨汁,浓的快要滴落。

"姐,别难过了。"殷黎见殷绯情绪不对,忙上前揽住她,轻声细语地安慰,"你看这世上,不是也有像你弟弟和两儿子一样的好男人存在吗?"

杜卿皱眉:"为什么你是弟弟,我们就是儿子?不能这么占便宜的!"

莫换板着张脸没吭声,直接伸手去腰间摸"凶器"。

殷绯被那三人逗乐,眼中愁绪稍稍退去,她伸手打了个响指,瞬间抛弃不成套的睡衣和卷发夹,变幻出自己在几千年前的盛装模样来,红衣,云鬓,眼眉带着万千风情……当年乌琼国艳压群芳的贤妃娘娘,便是如此了。

谭沐沐见状,连连发出尖叫,扑上去抱住她的大腿就蹭起来。

殷绯没理那只木灵,将目光投向杜卿和莫换:"既然进了长生林，多少让我看些有意思的东西再离开吧？杜老板，小猫儿，能否请你们帮我去找找彭鸣的长生树，我想去他生前的最后一段记忆里看看。"

"只是看看？"

"嗯，再稍微……给他一点奖励吧。"

"可以是可以，不过，报酬……"

"真抠门。"

虽是深夜，盘古街444号里却依旧亮着幽幽火光。

郑重无比地在面前字据上按下手印后，谭沐沐的额头上立刻多出个"允"字标记。光泽散尽后，那枚象征着和守林人交易完成的标记也很快消失不见，嵌入皮肉之中。

其实，这道步骤本该用更加便捷的现代方式来完成，然而当杜卿提笔画二维码时才想起来，这把檀木梳子刚刚变为人类没多久，根本没有手机，他只好启用"画押"的方式来收取客人的"允"。

几千年的时间里，为了生计，也为了筹集养料，杜卿开过很多店，起初是木行、香烛店、棺材店，直到近现代，才一直在家具行当里摸爬滚打。连通现世和长生林的"门"也经历了库门、神龛、棺材，最后藏于衣柜之中。

杜家少爷经过时间的冲刷，渐渐也没了往昔经商时的狼子野心。

有生意上门，接；没生意上门，等。反正，只图温饱，不图富贵，勉勉强强撑了一年又一年，日子过得还算舒坦。只是每次店面变化，都彰显着他与莫换的求生欲。

谭沐沐伸手在额头摸了摸，又确认了一遍："等我死了以后，我那棵枯掉的长生树就归你们所有了,是这样吗?"

杜卿收拾着案几上的东西,目光却停留在站在衣柜边聊天的莫换和殷黎身上,心不在焉地回答客人的问题:"如果是你的话,应该会在现世中活很久吧?哎,这份养料,不知又要等到猴年马月了。就因为每次都是这样,我才喜欢接人类的生意啊!对了,你之后打算怎么办?"

"娘娘说,我以后可以跟着她在盘古街上生活,她说这里有很多同类,让我尽快适应现代的生活。"她仰起脸,眼中满是对未来人类生活的憧憬,"说起娘娘,也不知道她回到过去后,会做些什么呢。"

"你觉得她会做些什么呢?"

"娘娘虽然说过爱情不是她生命的全部,但我还是感觉得到,陛下在她心里是有些分量的,不然,她也不会想到用自己的'死'来替他解围。我想,在陛下心中,一定对贤妃娘娘有着很多亏欠吧?"谭沐沐声音愈发低沉,"也许,娘娘只是想回去告诉陛下,她没有怪他。"

杜卿淡淡说了句,也许吧。

战场上弥漫着死亡的气息。黄沙,号角,还有兵器碰撞的声响,激荡着每一个乌琼国军将的心。

厚重的盾墙缓缓移开,露出一个年轻男人的身影。他虽身中数箭,整个人如同从血池里捞出来一般,却倔强地借着手中长柄兵刃稳住身形,没有倒下。那人,正是乌琼国皇帝彭鸣。

男人咬着牙,兽一般的眼眸中泛着冷光,如若自语般说着:"如果此番孤不能取胜,那个女人便是顶着'妖妃'的恶名,白白为我而死的。所以，孤不能退后。"

要保住乌琼。

要保住江山百姓。

要保住她用名声和性命换来的机会。

即便心意如此笃定，彭鸣却很清楚，自己的生命正在一点点流逝，他和他的兵马都撑不了多久了。迎着敌军箭雨再度砍杀数十人后，精疲力竭的男人终于明白，自己已经无力回天。为了保存帝王的最后一点尊严，他拖着伤痕累累的身体，跳下悬崖。

那一刻，他竟有些释然，乌琼国破，与那个女人无关！孤将她赐死，依然改变不了注定失败的结局，是孤的错，一切都是孤的错！和她无关，不管她是不是妖邪的化身，都和她没有关系！

弥留之际，他似乎又看到了那一抹艳红，继而是高台，继而是鼓乐，继而是美酒与佳肴。一曲舞罢，身着红衣的女子将遮了眉眼的发丝挽到耳后，踩踏着染着血的黄沙，款款向他走来，忽而轻笑一声："你啊，现在终于有点皇帝的样子了呢，彭鸣……"

他瞪大了眼睛，冲着眼前的人影，努力地伸出手。

几日后，敌国的将士在山崖下找到了乌琼国皇帝的尸体。虽然身上的伤口狰狞可怖，但男人的神情却十分平静，甚至带着一丝笑意，全然没有死亡来临前的恐惧，而他的手掌中，还紧紧攥着一缕青丝，不知是何人所留。

任凭其他人如何掰扯，都无法让那个死人松开手。

◰ 翘头案·今天也别尿裤子,好吗 ◰

"你是小孩子吗?不过是出来吃个饭而已,为什么上厕所还要喊我一起?"

杜卿站在盥洗池前不紧不慢地整理领口,脸上写满无奈。他一改平日里宽松T恤和凉皮拖的休闲装扮,穿着裁剪精良的西装,微微泛着栗棕色的头发也梳得一丝不苟,浑身上下有种跨越时光的淡然。

莫换站在他的身边,亦是一副被悉心拾掇过的打扮。他摆弄着衬衫袖子上的纽扣,透过面前的镜子,眼神向厕所隔间的方向飘去:"刚进去的那家伙,身上有很重的味道。我有点在意,叫你跟过来看看。"

"难道是有血腥味?"

"不是。"莫换无比严肃地回答,"是尿骚味。"

人有三急,偶尔发生一次"侧漏"事故有什么好在意的。杜卿斜睨莫换一眼,正准备开启嘲讽模式,忽而又想到在他们之前进厕所的人，好像是今天冷餐会的主角——那位赫赫有名的动物学家，陈耀宗教授。

虽然名字听上去有些年代感，但这位出身学术名门的陈教授不过三十岁出头。听说，他在初二时就以优异的成绩考上某知名大学，一时间轰动惑城，被称为百年难得的天才。如果莫换的嗅觉没出毛病，那么眼下的状况就是，百年难得的天才当众……尿裤子了？

杜卿不得不承认，自己也有那么点儿在意。但也许，人家是有隐疾呢？总不能发生点儿什么怪事，都说是因果惹的祸吧？莫换解释说，殷绯和他说起过那位教授，让他多留心，应该是个准客户。

说起来，两人能来这种高级餐厅参加学术冷餐会，完全是托殷绯的福。前几天，她借助守林人的力量回到了昔日恋人的记忆里，也算是正儿八经和444号家具店做了回交易。然而，那只母狐狸最终还是赖掉了理应支付的报酬，只差遣殷黎送去两张冷餐会的邀请券，假装无事发生。

面对这份毫无诚意的补偿，杜卿原本是拒绝的，比起大餐，当然是客人的"允"更有吸引力。谁料，那道行颇深的女人并不打算说动他，而是背地里放了消息给莫换，说冷餐会上的金枪鱼和三文鱼可以放开肚子吃。

看到镇店之宠的冰山脸上泛起一丝波澜，杜老板当场认栽。他翻找出压箱底的正装，准时赴宴。

正琢磨着陈教授"侧漏"事故的原因，杜卿一抬眼，就看见个鼓鼓囊囊的白色纸包从隔间里掉出来，像是……卫生巾？不，和卫生巾相比，那东西的体积更像是一包纸尿裤，成人纸尿裤。

觉察到厕所里还有其他人，隔板后响起一个低沉的男声："劳驾，能、能不能帮我捡一下……那个……"

他没说明白"那个"究竟是指什么，大概也觉得不好意思。

杜卿捡起那包纸尿裤，从门缝底下递进去，有人匆匆接下。

"谢谢。"

"不客气，陈教授。"

极力隐藏的身份被识破后，隔间里的人沉默起来。毕竟，"百年难得的天才陈教授在用成人纸尿裤"这件事传出去，多少会让人挂不住面子。但这阵沉默却让杜卿认定了自己的目标客户，他递进去一张名片，诚恳拉客："如果陈教授需要帮助，可以在午夜十二点之后来这个地方找我，对了，我姓杜。"

"你是医生？"

"唔，准确来说，我只负责寻找病因，对症下药。"杜卿说得很含蓄，"至于能不能治得好，那得看病人自己是否有悔悟之心。"

兴许是被那番说辞所震慑，陈耀宗犹豫着，将名片接了过去。

午夜过后的盘古街，全然不见白日里的喧嚣。

黑暗将整条长街笼罩，街道两边高耸的仿古建筑无端显得阴气森森，宛如是从另一个时空中投影来的海市蜃楼。

陈耀宗额头上沁出细密的汗珠，冷风一吹，倒是着实清醒了许多。他推着鼻梁上的金丝边眼镜，低头再度确认名片上的地址——说是名片都很牵强，事实上，那不过是一张被剪成名片大小的白色硬纸片罢了，上面手写着一行字：盘古街444号。

字写得倒是很好看……

挨着门牌一路寻过去，很快就到达目的地。只是，店铺门口简陋木牌上"有家具店"四个黑字让陈耀宗摸不着头脑,借着头顶上那盏灯笼散发出的青白色光亮,男人深深吸了一口气,推开那扇门。

喵呜。

原本蜷缩在门口的黑猫叫唤一声,立刻从木制的架子上跃下来,十分善解人意地将客人带至最内里一扇屏风后——那里,一位身穿古代装束的年轻男人正在拨弄着面前案几上的算筹,像是已经等候他多时。

陈耀宗壮着胆子问了一句:"请问,这里是杜医生的男科诊所吗?"

杜卿茫然地抬起脸:"男科诊所?!"

把这儿错当成影楼、剧组、中式家具线下体验店也就罢了,男科诊所是什么鬼?杜卿抽着嘴角,缓了很久才恢复一贯的笑容,邀请客人入座,开始仔仔细细、完完整整地介绍盘古街444号午夜后的主营业务。

显然,只相信推导公式和实验数据的陈教授并不相信那些莫须有的东西,他的表情礼貌而疏离,随时打算起身告辞,直到……那只黑猫当着他的面变成一个高个子男人,拎起火炉上的铜壶,给他倒了杯茶。

陈耀宗从事动物学研究多年,从未见识过这种匪夷所思的现象。

杜卿了然客人心中所想,笑着提醒说,别把今晚看见的事写进学术论文里。那一刻,陈教授终于意识到,444号家具店确实是个不同寻常的地方,而这世上有些事,是无法用书本上的知识来解释的。

他沉默片刻，再度向杜卿确认："你们会帮我保密的，对吧？"

陈耀宗的噩梦，是从七岁那年开始的。

当他还是个孩子时，尚且能用"自控力缺失"来自我安慰，可成年后，这就成了一种难以启齿的隐疾。多年来，他一直奔波于国内外进行治疗，找最好的医生，用最新的仪器，吃最贵的药物……却依然不见好转。

没有人知道，陈教授随身携带的公文包暗层里，永远都装着几片成人纸尿裤。

虽说杜卿很容易通过"共情"状态捕捉到客人的内心想法，但有些事，须得他们亲口说出来，才能体会其中的真实情绪。于是，他直接点出症结所在："如我冒昧，陈教授你七岁时的那一次犯病，不会毫无原因吧？"

既然眼前这位神秘的杜老板主动提到这个时间点，陈耀宗就没打算瞒着了。

"我人生第一个真正意义上的污点，是在七岁那年——因为一场数学考试。"

"数学考试？"

"是的，我考了全班倒数第一。"

"哈？陈教授对'污点'两个字，是不是有什么误解？"

"不是我有误解，而是我的父母，他们对'污点'两个字有误解。"男人停顿了几个数的时间，应该是想起了一些不美好的回忆，"我从小就比别的孩子聪明，当他们还在努力学习汉语拼音的时候，我已经开始背成语词典了。所有人都说我是天才，我的父母引以为傲,在他们看来,天才是不能有任何污点的,否则,就必须要接受惩罚。那次他们罚我跪在家里的翘头案前,我跪了整整一夜,即便尿湿了裤子,也不敢站起来。"

有些人从一出生就赢在了起跑线上,这是无法回避的事实,当有些父母还在为孩子能不能念上书而四处奔走时,还有一些父母却可以动辄每月花费数千元甚至上万元,送孩子就读名校,享受最好的教育资源。

很显然,陈耀宗属于后者。

在他的记忆里,父母一直很重视教育:他们不仅将他送进费用不菲的私立小学,还请了两位家庭教师,每个周末轮番上门负责辅导他的功课,没有休息,不能外出,但凡没有考到全班第一,就会被责罚。

他以为,所有的小孩子都是这样的,何况他是天才,天才不能让自己长大后就泯然众人。他必须按照父母的严苛要求,让自己更加优秀。

"在动物行为学中,这叫做亲代抚育——是指亲代对子代的保护、照顾和喂养,包括一切有利于子代生存的活动。我父母认为,他们所做的一切都是为我好,当时的我也并不觉得有什么问题。但是,这就是问题。"

陈教授这么和杜卿解释。

那时候,陈耀宗和父母住在一间带院子的大宅里,说不清为什么,惑城有身份的知识分子们似乎都很喜欢住这种样式的房子。大宅里有个房间被改成了"礼堂",里头贴北面的墙放了张翘头案,正对大门,案几左侧摆放一只青花瓷瓶,瓶瓶案案则寓意平平安安；右侧则放一盏铜镜，示意君子要正衣冠、鉴古今——翘头案算是古时文人墨客的"标配"，到了现世，依然是门风与家规的象征。

"从小到大，只要我犯了错，他们就会罚我跪在礼堂里反思。虽然我意识到这样的教育方式是错误的，但从不敢反抗。我说服自己，父母是很有学问的人，他们所做的一切，都是为我好。"陈耀宗攥紧了拳头，陡然扬起声音，"但我那时只有七岁！七岁啊，你们能想象出七岁的孩子，几乎没有看过父母满意的笑脸，时不时就被关进小黑屋里反思吗？"

或许能想象出……杜卿仗着自己的活得久、见得多，心里默默拆了客人的台。

莫换则是冷哼一声，淡金色的眼睛里流转出不屑。

杜卿不安地看着他。

关于莫换的童年经历，杜卿多少听他说过一些，但当事人说得云淡风轻，他咂摸不出那些话背后的艰难和绝望。但他知道，七岁时的莫换，已经在考虑"如何活下去"这种深奥的问题了，客人所说的那些话，他完全有理由表露出不屑。

陈耀宗并没有觉察到气氛的变化，只是沉静在自己的故事里。那次数学随堂测试，题目很简单，全班三十二个孩子有三十一个人都考了满分，只有他，只有他这个天才，因为粗心漏写了两道算术题，只考了九十六分，全班倒数第一。

这件事如果放在其他孩子身上，也许顶多是挨两句训，但放在一个天才身上，就是天都要塌下来的大事了。

"当天晚上，我就被父母丢进了礼堂里，我问要反思到什么时候，他们却告诉我'等爷爷原谅我才行'。"陈耀宗双手抱拳，抵在自己的下巴上，很是落寞，"翘头案后面那堵墙上挂着我爷爷的遗照，他也是一位很有名望的学者，是整个陈家的骄傲。我父母说，得不到老爷子的原谅，就不许我站起来。"

"遗照？遗照是不可能说话的吧！"

"是啊，当然不可能！可面对这么荒谬的说法，七岁的我依然对父母的话深信不疑，傻傻跪了一整夜。动也不敢动，哪怕……后来，我就落下了那个毛病。"

心中尚且明白症结所在，但缺少一个治愈自己的机会。杜卿想，今天这位客人真是很碰巧了，他这儿什么药都没有，只有很多让病患自己治愈自己的机会。他蹙了一下眉头，细微的动作惹得陈耀宗慌张起来，忙问他是不是看出了什么端倪。

"陈教授，说真的，你让我想起了一种动物。"

"什么动物？"

"大象。"

"大象？"陈耀宗不解地看着杜卿，"为什么是大象？"

"在那些庞然大物还是一头小象的时候，就被养象人用细绳子拴在树干上，等到若干年后，小象变成了大象，却仍然能够被一根细绳子束缚住。倒不是因为别的，只是因为，小象曾数次地想要挣脱绳子，但都以失败而告终。渐渐地，小象觉得那是不可能做到的事，故而放弃了尝试，就算若干年后，自己已经变成了健壮有力的大象，但它以为自己仍是那个无法挣脱细绳子的小家伙。"

"杜老板，你说的这些在动物行为学中是……"

"书本上的理论我不清楚，但在我看来，那是习惯性的怯懦，可以补救。"杜卿放慢语速，瞥了一眼角落里的衣柜，"只要陈教授支付报酬，我倒是很愿意给你一次挣脱'细绳子'的机会。"

莫换起身走到衣柜前,伸手打开了通往长生林的门。

"走吧。"

"去……衣柜里?"

"不要被眼前的景象所蒙蔽啊,衣柜里也能有另一番天地呢。"

陈耀宗盯着衣柜两扇木门上显现出的幽绿色卷草,心头微微一颤,再望一眼那位青衣束冠的杜老板,愈发有几分隐士高人的模样。这让唯物主义学者内心十分煎熬。然而很快,他就听见"高人"毫无形象地开口向同伴求救:"莫换,快、快来扶我一把,坐在这太久,腿好像麻了……"

陈教授内心一顿:毫不讲科学盘古街444号,真的靠谱吗?

斟酌再三,他决定继续相信科学,并当着两人的面开启了授课模式:"杜老板,还有这位黑猫先生,我知道你们这里异于他处,但你们听说过唯物主义吗?物质为第一性、精神为第二性,世界的本源是物质,精神是……"

他的话还没说完,就被人一脚踹进了衣柜里。

莫换扶着杜卿,缓缓收回脚,眼里的凶光还没散:"所以说,我最烦读书人。"

被暴力对待的客人揉着腰站起来,一脸难以释怀的表情。然而对于动物爱好者来说,不管小猫咪做出什么事,大概都是可以被原谅的。还没等杜卿开口替莫换道歉,陈教授就已经摆摆手,说没事没事,既来之,则安之。

他抬头看了一眼那座藏匿在衣柜里的森林,张了张嘴,再也没提哲学辩题。

因为他觉察到,因为太过惊愕,自己再度发生了"侧漏事故"。为了缓解尴尬,男人推着金丝边眼镜,沉声问:"杜老板,你这儿接受预约参观吗?我有几个研究植物学的朋友,最近想开展新的课题……"

书香门第,规矩颇多。

父母口中的那些"不许"、那些"必须"、那些"只能",日积月累,最终凝聚成一张端端正正的翘头案,压在陈耀宗的背上,让他喘不过气。

那一晚,宅院中只剩下蝉鸣。

灭了灯的礼堂里,七岁的男孩跪在翘头案前的蒲团上打着瞌睡,嘴里却含含糊糊地对挂在墙上的遗照说着话:"爷爷,你可以原谅我了吗?我保证,下次不会再粗心了,我会好好审题的,会每次都考第一名!我是天才,绝对不给陈家丢脸……"

没有人回答他。

他继续说:"爷爷,你要是不原谅我,我就不能站起来……我,我想尿尿……"

依然没有人回答他。

男孩沉默,再度确定了一个事实:遗像是不会说话的。

"谁?谁在那里?"

黑暗中传来的窸窣声响让人不寒而栗,男孩瑟瑟缩缩地扭动着身体,脑海中顿时想起了许多恐怖传说。尽管他平时不会去看那种类型的电视和小说,但还是能想象出鬼怪精灵在礼堂里漂浮的模样。

他想大叫,但是父母已经睡了,他不想打扰到他们;他想哭泣,但是困乏至此,他不认为自己能流出眼泪;他想逃走……不行,他还没有得到爷爷的原谅,不能站起来,不能离开这个房间。正当纠结之时,摆放在翘头案左侧的青花瓷瓶忽然滚落在地,发出"啪"的一声脆响。男孩眼中流转出恐慌,但很快,恐慌就变成了欣喜。

他试探着对着黑暗喊了一声"爷爷"。

有个黑影,动了一下。

蒲团上的小小身影立刻骚动起来,男孩的声音很激动,全然没有害怕和恐惧:"爷爷是你吧?我知道,肯定是你!所以,这算是你原谅我了吗?如果是的话,请……请您再次回答我!我、我想去厕所……尿尿,我憋不住了!"

男孩话音刚落,摆在翘头案右侧的铜镜也不知何故掉落在地上,发出闷闷一声响。大概是觉得这样的"回答"还不够坚定,黑暗中的影子再度晃动,整张翘头案都翻倒下来,直挺挺地倒在男孩的面前。

翘头案不复存在,规矩,也就不成了规矩。

男孩睡意全无,像是得了某种准许,立刻起身奔向厕所。

直到解决了"当务之急",他才看到板着脸站在门口的父母。他们被礼堂传来的声音惊醒,一边心疼着摔坏的青花瓷瓶和铜镜,一边又因儿子的不听话而感到气愤。男孩却指着那只倒在地上的翘头案,理直气壮地告诉父母:爷爷已经原谅他了。

"胡说,翘头案是你自己推到的吧?"

"不是我。"他摇摇头,说的无比笃定,"是爷爷,爷爷在告诉我,他已经原谅我了,不用再跪着反思了,我就起来去了厕所。"

"不光考试丢人,居然还对父母撒谎?平日里教你的东西都学到哪去了？咱们家可没有你这种不争气的小孩！"夫妻两人板着脸，努力扮演着讲道理的父母形象，"你爷爷生平最守家里的规矩，怎么可能弄翻这么重要的东西！"

每句话都是一根针，扎得人浑身难受。

男孩却一改往日怯懦，大着胆子和父母对峙："我真的见到爷爷了！"

"不要瞎说。"

"没有瞎说！爷爷刚刚就在礼堂里！"

话音刚落，男孩的母亲就尖叫起来，她伸出手，指着窗外的一团黑影，跌跌撞撞地躲到丈夫身后。窗外，有一只金瞳黑猫，正定定地监视着礼堂中发生的一切，它像是已经在那里待了许久，久到，像是已经成了一尊石像。

女人扯了扯男人的衣袖："你爸他是不是写过关于猫的学术论文？"

男人也紧张起来："写过。我爸喜欢猫，尤其喜欢黑猫。"

"那他不会是真的……"

尽管夫妻两人都是坚定的无神论者，但先是听见儿子说出那样的话，紧接着又见到寓意不祥的黑猫，心里难免发怵。晚上阴气最重，罚一个七岁的孩子在爷爷的遗像前过夜，怕不是扰了他老人家清静，这才大半夜发脾气。

他们越想越心虚，忙不迭地将孩子赶回卧室，轻手轻脚地打扫干净礼堂，重新摆正那张对书香门第来说意义非凡的翘头案，向老爷子的遗像拜了又拜。而窗外那只黑色的生灵，也就此没了踪迹。

宅院又恢复了往昔的平静，但有些东西，却在不经意间被改变了。

"黑影"看着彻底暗下去的屋子，有种如释重负的感觉。

"小孩子就是好骗。"

"谁在……说话？"

"别紧张，是我——啊，陈教授不用试图分析科学原理，你当耳朵上挂了个透明的无线耳机就好。"杜卿将声音灌进陈耀宗的耳朵里，根本不打算解释"共情"这回事，"可惜那青花瓷瓶和铜镜，都是挺值钱的东西，哎……"

他原本以为，这趟跨越时空的旅程会让陈耀宗有所不适，没想到，那男人很快就接受了这件非常不科学的事，并没有表现出过多的惊讶。杜卿甚至在想，也许，陈教授已经无数次幻想过能够重回那一天了。

翘头案是他故意掀翻的，只为了给曾经怯懦的自己一点鼓励。

趁男孩得到爷爷的"原谅"，欢呼着跑去厕所时，他借着夜色做掩护，悄然无声地离开了记忆中的礼堂。即便已经成年，那种反抗的感觉依然让他感到热血沸腾，金丝边眼镜后的脸，泛起淡淡红色。

怯懦的小象，第一次挣脱了养象人拴在它身上的细绳子。它永远记住了这次的胜利，无论再被拴住多少次，无论用多粗的绳子，无论被拴在多大的树干上，小象都知道：自己是能逃开的。

陈教授笑起来，隔空对杜卿说了声"谢谢"。

长生林中，立着一青一黑两抹修长身影。

杜卿看着陈耀宗长生树上的果实，长长舒了一口气，打算先回店里，顺便想个法子将店里的那张翘头案给推销出去。只是没走几步，他就停下脚步，撩起衣摆，只见一只腿自膝盖以下的血肉已经全部枯竭，显露出浅浅木纹来。

"明天过来给双生朽木添些养料吧。"

"我马上去。"

"今天就算了，让我名正言顺休息一天嘛。"

莫换走到他身前，不容分说就将人背了起来，继续往前走。

杜卿没不好意思，也不瞎折腾，老老实实由他背着，有一搭没一搭地说着今天这位客人的事，最后他得出一个结论：为人父母不需要考核，他们种下很多'恶因'，但结出来的'恶果'，却不得不由孩子来吞食。

委屈，却无能为力。

如果不能依靠自己的力量挺过来，那就只能被父母拖入深渊。

"陈教授若是能早些勇于反抗的话，或许就不会患上那种隐疾了。不，与其说那是隐疾，倒不如说是一种心理上的疾病。眼下，那张压抑了他一整个童年的'翘头案'已经被掀翻，他的心病也会很快好转的吧？"

"谁知道呢？"

"果然，心病还需心药医，心药还需自己熬。"感慨到一半杜卿便闭上了嘴，他盯着莫换的后脑勺看了一会儿，犹豫着开口，"我差点忘了，莫换你……对不起啊。"

"为什么和我道歉？"

"还不是因为我多嘴提了你父母的事。"

"你觉得，我会在意这些？"

"也许呢？"

他想起来，陈教授的"翘头案"是不复存在了，可莫换心里那张"翘头案"，要什么时候才能被掀翻呢？陈教授七岁时没有考到第一名，会被关进礼堂罚跪；莫换七岁时若是在训练时输给了对手，等待他的，是什么样的惩罚？

可能，是死亡吧。

初识之际，两人关系很是微妙：一个忙着寻死，一个忙着求生，原本八竿子打不着的两个人却因为某些理由不得不搭档做事，着实无奈。

杜卿花了很长时间、费了很多心思，才从莫换嘴里套出他的身世。父亲是赌徒，母亲是暗娼，因为没钱挥霍，这对夫妻将唯一的孩子卖给了训练杀手的组织。在那个年代，只要有钱就能买来人命，因此也催生出许多刀尖舔血的职业。

都说虎毒不食子，可为了钱，老虎可以亲手将孩子送到其他猛兽的嘴里。所以"父母"这两个字，对莫换而言，多少有些讽刺的意味。

莫换没什么反应，深一脚浅一脚地踩在长生林没膝的杂草中，稳着身子往回走，生怕摔了背上的人。

"父母的事我早就忘记了，也没什么好难过的，你不需要觉得抱歉。"

"早就忘记了啊……"

"嗯，忘记了，连他们长什么样子也想不起来。"

象征着两人生命迹象的双生朽木上，并没有任何凝结着记忆的果实，即使他们想重新回忆一些被遗忘的事，也不可能将自己送回过去。这一点，倒是杜绝了守林人滥用职权、以公谋私的可能。

难得撬开莫换的嘴，杜卿自然不打算放弃这次"和员工深入交流"的机会。

"埋怨过他们吗？"

"埋怨有用吗？"

"也对，人都死几千年了。"

"我只是把那些不愉快都当做'因果'中的'因'而已，没什么可埋怨的。"

"那么，你如今得到的'果'又是什么呢？"

莫换没说话，也许是没有想到答案，也许是不愿把想到的答案告诉杜卿。

回到暂时的居所后，莫换将背上那个负担丢进藤椅。想了想，他又顺手扯过案几边的毛毯，扔到杜卿身上。虽然动作笨拙又不耐烦，但还是让杜卿想到"亲代抚育"这个词。可这么久以来，明明都是他在打点两人的生活起居啊，要说"亲代抚育"，那"亲代"也应该是自己才对！要是再不说点什么挽回颜面，就要输一个辈分了，这可不行！

杜卿伸手在空中划拉了好几下，引来伙计的注意："虽然你的父母很可恶，但天涯何处无芳草，你这不是还有我么？莫换，你完全可以把我当做……"

"什么？"莫换晃了神，又问了一遍，"把你当做什么？"

"你可以把我当做爸爸。"

"欠揍？"

"你有所不知——现代社会中，关系好的男人之间都是互认'爸爸'的。"

听杜卿这么一说，莫换的表情有点复杂。

几秒钟后，他压着声音回了一句："……谁和你关系好？"

三天后，444号一大早便来了客人。

杜卿刚从二楼走下来，就看见那位赫赫有名的陈教授正趴在柜台前逗弄他的猫，嘴里还在念叨："今天怎么不变身了？我知道你可以变成人的。对了，你要不要加入我的课题研究组，猫罐头和小鱼干管够。"

黑猫一脸不耐烦，嗓子里发出呼噜呼噜的声音。要不是看在那家伙是客人的份上，它很可能已经亮出尖锐的爪子了。

"又不是美少女战士，变什么身！"杜卿三两步走过去，一把捞起黑猫抱在怀里，冲陈耀宗打了声招呼，问他的病情如何了。陈教授状态不错，说那晚回去之后，慢慢地就没有再犯过病。

"果然，只是心病啊。"

"这到底是你的心病，还是父母们的心病呢？"

"谁知道呢？"

"也许，该接受治疗的是他们吧。"

陈耀宗还告诉杜卿，他回去后，和父母平心静气谈了次心。虽然那两人依然固执己见地认为自己受过高等教育，是社会精英，对孩子的教育方式也一定没有问题，但在儿子的执着要求下，他们还是为曾经的严苛责罚向他道了歉。

"道歉并不意味着什么。"陈教授叹了口气，"他们并没有认识到错误，只因小象变成大象，有力气去挣脱那条细绳索了，养象人这才不得不给它一点安抚，主动解开了那条绳子，就好像他们从来没有拴过小象一样。"

人类的亲代抚育，到底是为了子代的幸福，还是为了满足自己的虚荣呢？

杜卿想，这真是个很难研究透彻的课题。所幸，他不是专家学者，他只是个活了很久的生意人而已。于是，生意人挠了几下怀里的黑猫，将它丢向楼梯，开始了一天的工作。

"话说，陈教授这趟过来，该不会打算空手回去吧？昨天，我刚刚从盘古街上最有名的鲁木匠那里收来一张翘头案，飞檐飞角夹头榫，做工好得很，正所谓'雅而尚礼，文不失秀'，很适合你们这种书香门第……"

陈教授十分心动，然后拒绝了他。

桃木剑·谁从梦中来

杜老板从没想过,临近年关时,店里居然来了个踢馆的。

不知好歹的年轻人姓茅名真,身穿大褂,手持拂尘,一副古时天师派头;身边还跟着位身材高挑的女郎,也是身江湖打扮,据说,是被茅天师收服的剑灵——两人这身行头在盘古街上走动,不知情的,估计会以为是哪家戏班子刚散场。

茅真一进店门就直奔主题。他将事先准备好的"挑战书"呈在曲尺柜台上,说自己不远万里前来惑城,正是为了与两位守林人切磋比试,蹩脚的旧腔很是浮夸:"如今世道妖怪横行,致使人心不古……"

"人心不古是'人'的问题,别和妖怪扯上关系。"

"正是需要吾辈挺身而出,降妖除魔之际……"

"啊,都说了我们不做那种生意。"

"还望两位前辈不吝赐教……"

"你到底买不买家具?"

在断定来者不是客之后,杜卿没再搭理他们,转而和莫换对着手机开始研究午饭是吃黄焖鸡米饭还是麻辣香锅。受了冷落的茅真很是郁闷,咳嗽数声,又强调了一遍自己此行目的,态度不算友善。

杜卿点完外卖,才慢条斯理地问:"那阁下是要文斗呢,还是武斗?"

见莫换捏着拳头上前,淡金色的眸子里凶光毕露,茅真立马怂了,双手一拱:"大家都非等闲之辈,切不可像凡夫俗子那般打打杀杀。所以,我选文斗!话说,文斗……又是怎么个斗法?"

"成语接龙。"

杜老板清了清嗓子,准备发功。

半个小时候后,无一胜绩的茅真再没了刚进门时的得意劲。

但他也没急着离开,而是对店里几个木头偶人装饰摆弄起符箓,用包里的物件摆了个什么法阵,嘴里还念念有词。那个叫做陶灼的女人也不拦着他胡闹,一直坐在圈椅上喝茶,打量着正在苦苦等候外卖的两位守林人。

"杜老板,莫先生,请别介意。"她看够了,轻轻搁下手中杯盏,"茅真这个样子已经有十几年了,走南闯北,没一刻安宁。别奇怪,是我怂恿他来寻你们斗法的,我只希望他能认清自己的平凡,回归正常人的生活。"

"如果茅天师真是吃这口饭的,这样也没什么不正常吧?就是这个业务能力……"杜卿如实回答,"实在是不行啊。"

"没有人天生就该吃这口饭,至少,我希望他不吃这口饭。"

"唔,早知陶小姐有这种用意,我便不该和他玩成语接龙——应该拿点真本事出来,让他彻底断了那些不切实际的念头。"

"不,我觉得这样挺好。"

"哈?"

"没本事就该多读书,不然连斗嘴都斗不过同行,早晚失业。"

后来杜卿才从陶灼嘴里得知,茅真是个孤儿,从小在山里的道观中长大。那个道观可不是什么热门旅游景点,就是山沟沟里的几间土房子,平日里也没有多少香火,只有个老道士守着那里,平日帮山里村民看看风水画画符,靠各家接济勉强度日。

虽然日子过得清苦,但那却是茅真一生中最快乐的时光。他喜欢翻看道观里的古旧书籍,学着上面的图解画符箓,解风水,摆法阵,更是常常缠着师父给他讲述各种妖怪的故事,盼望着自己能够早日独当一面,去山下,寻百妖,真正融入那个光怪陆离的世界。

然而,少年所有的梦想,都终结在某个晚上。

他最尊敬的师父,死于非命,临死前将他藏进了老君像前的供桌下面。他逃出来之后才发现,整座道观被一把火烧了个干净,半山腰嚣张而肆意的火光,映红了没有一颗星星的天穹。

"非命……是怎么个死法?"

莫换冷不丁问了一句,时隔千年,他依然对这种事情有些兴致。

"按照茅真的说法,他的师父是被妖怪杀死的。"陶灼回答他,"从那之后,他就开始下山游历,四处寻妖、降妖,想要为民除害。二位应该比我清楚,如今的日子不比以往,真要有妖怪也比人要安分的多。何况茅真那小子,根本只是个普通人罢了,跟人打交道都费劲,哪有那种和妖怪打交道的本事?"

"不过，比起茅先生，我更在意陶小姐你的身份。"这回轮到杜卿发问了，"那家伙说你是他收服的……呃，剑灵？幸亏你们是在我店里，要是在其他地方，店家听到这说法，估计立马就要叫街上的保安来轰人了。"

传说上了年岁木头能生精怪，那对于兵器而言，说不定也有。在日本有种说法，说是一样器物置之不理一百年，就会化为叫做"付丧神"的妖怪，兴许也是这种道理。虽然杜卿活了几千年都没见过所谓的剑灵，但这世界上，他所不知道的事情还有许多，没见过的东西，未必不存在。

"那都是他瞎扯的。"

"哦？请问陶小姐，你是他的？"

"事实上，我是负责治疗茅真的医生。"陶灼从鹿皮小包里摸了张正儿八经的名片，递到杜卿和莫换眼前，"精神科医生"。

虽然早就隐隐料到可能如此，但从当事人嘴里听到这件事，杜卿还是有点唏嘘。特别是医生陪着病人一起"发疯"的，他还真是头一回见到。这种随叫随走、还要照顾病人饮食起居的私人医生，得收多少钱啊！可是，那个陷入幻象无法自拔的男人，看上去并非很有钱的样子。

杜老板想了想，也许，这是另外一种外人所不能理解的感情吧。

陶灼并不遮掩这种感情："我看那家伙痴痴傻傻的，有点可怜，也有点可爱。这些年都是我自费在帮他治疗，可惜并没有什么效果。我偶然从其他'病人'嘴里得知了盘古街444号的存在，便哄骗他过来了。"

果然，随便和别人说起这里的人类，都会被当成"病人"啊，这就让人放心了。

"守林人的规矩我知道，报酬嘛，由我来支付。"陶灼见两人并没有应允这笔生意的打算，索性下了帖猛药，"总之，你们不会亏本的。"

谈妥报酬，杜老板兴致高涨，甚至热情地邀请两人一起留下来吃晚饭。他尽可能地不让茅真感觉到自己是被人"同情"了，对于晚饭后他想去盘古街附近转转的请求，也欣然应允。

陶灼对444号里的事很了解，她是到午夜之后才将茅真给领回来的，没给杜卿添任何麻烦。至于那位茅天师，不仅没有惊愕于家具店里昼夜完全不同的景象，甚至流露出了一丝向往："简直是仙居啊！"

"仙居也是要交房租和水电费的。"

茅真并没有咂摸透杜老板这句话里无奈，甚至觉得这是一种赤裸裸的炫耀。

他扬手招呼众人，将随身的破布袋子铺展在案几上，已然忘记了白天文斗时所受的沉重打击，用一种高人一等的语气，煞有介事地介绍道："这是我的乾坤袋，我用它在街上收来不少小妖，正好给你们开开眼：这石头精怪，差不多三百年道行，专门吃人腿脚，今日行凶之际刚好被我识破，将其打回原形；还有这只'飞天猛'，乃是上古凶兽，喜食人血肉，它盘踞在此多年，你们居然都没发现吗……"

兴许是听多了他的胡言乱语，陶灼只是无奈摇头，唇边泛着笑意，懒得拆穿。然而，看着堆满案几的石头，死虫尸体和烂树根，杜卿的忍耐已经到了极限。

杜老板是个脾气挺好的人，周围人也都这么说，但脾气好的人,也未必没有脾气不好的时候,当他发现和客人的沟通简直是在鸡同鸭讲的时候,脾气就上来了,只想尽快结束这桩生意,好好补个觉。

他抓起茅真的手,将他拖到那只漆黑的衣柜前面。

正在兴头上的茅天师很是不爽:"你做什么啊?"

"咱们的比试还没结束呢。"

"我、我不是文斗输了么?甘拜下风,还比什么!"

"我还想见识一下,你收妖的本事……走,跟我去个地方。"

长生林中的一切,都超乎了茅真的想象。

不同于他读过的任何一段文字,也不同于他听过的任何一个故事,面对着完全陌生、但似乎又不该陌生的景象,茅天师有些心虚——他有很多想问的,但是碍于自己想象出来的身份和地位,又不能多问。所以,他一路都在思考、琢磨,又要将这种反常举动,伪装成一种了然于胸的淡定。

他们很快找到了那棵长生树。茅真只能将带着疑惑的目光投向身边的女人。

事实上,他在大多数时间里是不会求助于陶灼的,因为在他眼中,天师是不能随便和剑灵交情过好的,否则会影响他在降妖除魔时的判断。只有在有事差遣她的时候,比如购买食物、开车出行又或者是寻找留宿地点时,他才会流露出一点对这位侍从的依赖。

陶灼会意地凑上去,在他耳边说了几句话。

有了底气的年轻男人这才将目光落在杜卿和莫换身上,故意咳嗽两声:"所以,这长生树上挂着的,就是世间苍生的记忆?此事有趣,着实有趣。等等,这、这里面的景象,为何让我觉得那么熟悉?"

"因为,那些是你的记忆啊。"

杜卿的话和着长生林中的阴风,全数灌进茅真的耳朵里,他身体里绷紧的神经,终于在瞬间全部断裂:

"不对,那不是我的记忆!"

"我明明见过那么多妖怪,为什么我的记忆里,一只妖怪也没有出现?"

"你说要带我来这里,见见我降妖的本事——那长生树,肯定是个妖怪!"

"这妖怪害人不浅,我得赶紧收了它!但是它太厉害了,我降不住它……"

茅真移开目光,一边歇斯底里地叫嚷,一边转身就往回跑。眼下的样子,倒是着实显现出病症了。可惜,森林中的路都长得差不多,没有人引导,他一时间竟分辨不出该往哪里走,只好抱着脑袋原地蹲下身子,嘴里反复念叨着"急急如律令""金光速现,覆护真人"之类的口诀。

杜卿故意激他:"你不是有乾坤袋么,倒是拿出来用啊。"

茅真上唇碰了下唇好几次,才说出句完整的话:"乾坤袋不行的!得要更厉害的法器才行,我的剑没了……对,我以前有把剑,那把剑很厉害的,我找找,我得找找……陶灼,你看见我剑没有?"

杜老板头一回觉得,自己接了个烫手的山芋。以往过来的客人,就没过有几个脑袋不清楚的;就算脑袋不清楚,也能被他的三寸不烂之舌给抟清楚了;再不济,还有莫换的拳头帮他抟清楚。可茅真现在这个样子,就算将他丢回曾经的记忆里也无济于事,说不定,还会让他更加混乱。

陶灼看出了杜卿的为难,随着他的病人蹲了下来。

"我不是在这里吗?你慌什么!"她的声音不算温柔,却让人感到踏实,"有我在,这世上有什么妖怪能难倒你呢?现在,听我的话,转身,抬头,睁开眼,看着那棵树。"

对啊,怎么忘了呢?自己之所以没有法器,是因为,那把厉害的剑变成了陶灼啊!有陶灼这个剑灵在,他怕什么?茅真渐渐冷静下来,将攥着自己头发的手放进女人手中,犹豫着转过身,望向那棵"张牙舞爪"的树妖。

无数藤蔓缠上了他的腿,一点点将他拖向树妖,树妖的身体上裂开巨大的窟窿,像是一张大嘴,妄图一口将他吞噬,拖入一个陌生的时空里。

但拉着陶灼的手,茅真就不害怕。他甚至鼓起勇气去看了眼树上的果实,那些已经被擅自修改过无数次的记忆……

茅真被送到道观门口的时候,只有几个月大。

在蓝底白花的褴褛中冻得脸色紫青,要是师父再晚些归来,指不定就只能看到一具婴孩的尸体了。茅真之后的经历,也和陶灼说的几乎没有差别,清贫却充实的山中生活,在男孩心里占据了很重要的分量。

直到那一夜,师父死在他的眼前,噩梦,终于开始了。

那个晚上,没有星星。死去的老者睁大眼睛,死死地盯着藏身在香案下的少年,他瑟瑟发抖,不敢发出一点声音。但这一切,并非是山中的妖怪所为,而是道观中忽然闯入的几个健壮男人,抢走了老君像前的功德箱,师父为了保护它,被生生砍了六七刀,栽倒在血泊中。

整个道观,也被歹徒们的一把火,烧了个干干净净。

茅真很清楚,功德箱里只有四十二块钱——那些钱,是师父攒着给他念书用的,茅真那时年纪不小了,同龄的孩子早早就已经开始念书,可他还在道观里摆弄符箓和香烛,这终归不是个事。

"可我不想去上学……"

"那你要做什么?"

"我要留在道观里跟着师父学法事,以后下山降妖除魔!"

"傻小子,你什么都不会,师父怎么放心让你下山?万一以后在山下,遇到妖怪要考你文化课知识可怎么办哦?答不出来,就是给你师父我丢人!唉!"

"这、这个嘛……"

从那天起,他就巴望着功德箱能早点存满,等自己学好了文化课,名声大了,说不定道观里的香火能更旺一些,这样,师父也能省点心。

可他心心念念的一切,如今,都被彻底打破了。趁着火势,他从道观里逃了出来,随手抓出一叠符箓和一把桃木剑,边哭边跑。

人为什么会比妖怪更可怕呢?不应该,不应该的啊!这些年来,他和师父尽心尽力为山里的村民排忧解难,他们怎么会对师父存有杀心呢?再说,师父是他见过最厉害的人,不可能轻易被凡夫俗子杀死!所以,那几个人一定是妖怪吧?师父也不会归于尘土的,他一定是,羽化而登仙了。

当茅真意识到自己已经一无所有的时候,他遇到了陶灼。

那天是九月十七日,雨夜。

师父说过,没有落在地上的雨,就是无根水,对修道之人来说,是个好东西。就在他从桥洞底下探出头来品尝好东西的时候,看见了撑着伞款款向自己走来的陶灼,他有气无力地质问她,你是谁?

"你可以叫我陶灼。"

"你是个什么妖怪?"本能地将不确定的一切臆想成自己熟知的东西,茅真扭头就在临时住处寻找法器,"我的剑呢?咦,我的桃木剑呢?喔,好像它今天被一只妖王抢走了,可恶,回头……我会把我的剑再抢回来的!可恶!"

疯疯癫癫的少年孤身流落在陌生的城市中,却并没有觉察到世道的艰难。他从垃圾桶里翻找出食物,当做"丹炉"里炼制的出的灵丹妙药;因为衣衫褴褛不断被人驱逐辱骂,他当做是修行途中的历劫;没有钱找地方住,每晚只能和流浪汉一起栖身在桥洞里,他认为是在度化凡人的苦难……

他这种修道之人怎能和那些肉眼凡胎混为一谈呢?茅真从来不理他们,也不和他们玩骰子和纸牌,只有那些流浪汉开玩笑般叫他"道长""高人""天师"的时候,才微微抬一抬眼皮,勉强算是打招呼。

很快,他就被肉眼凡胎们排挤了。第一件事就是他的桃木剑被他们偷偷收进废品堆里,拿去收购站换成了钱。

知晓一切的陶灼有些心疼:"以后,让我来照顾你吧。"

"你为什么要照顾我?你欠我钱吗?还是欠师父钱?"茅真面对女人施舍般的话语,有那么一点儿不爽,但他又很快找到了自我安慰的理由,"啊,我知道了!你是我的剑灵,你舍不得我这个主人,就又回来找我了!那是没错,你是得侍奉我!"

"是,你说对了,我就是你的剑灵。"女人笑了一下,顺着他的疯话往下说，"经此一别，我历尽千辛，终于修得人形，特此回来寻找真人。"

不管怎样，她在他的身边，有了个像样的身份。她给他买药，给他做心理疏导，用各种理由哄骗他去接受治疗，但这么多年来，茅真的臆想症始终都没有好转，甚至还有愈演愈烈的倾向。他固执地认为，城市中走失的孩子，是被失去幼鸟的鹤妖所掳；杀人抢劫偷窃者，都是被妖怪施法迷了心窍；甚至连绊倒路人的石头，都是小妖的化身——这世间一切他看见的、却不能除去的"恶"，皆是因妖魔而起，就像当年师父死在他面前那般。

因而，才要他下山历练啊。

在陶灼的悉心照顾下，茅真终于从羸弱纤细的少年成长为健硕的男人，虽然走过了许多地方，见过了许多或真或假的"同行"，他依然浑浑噩噩，梦梦醒醒……

直到，走进盘古街444号。

师父是被人杀死的。陶灼是个精神科医生。即使自己变成能够独当一面的厉害角色，也无法除尽天下的恶。至今留在脑海中的一切，都是自己臆想出来的虚幻之物。

在那趟回忆之旅结束后，意识到真相的茅真，久久不愿苏醒过来。

陶灼也就由着他在自己膝盖上睡着，带着淡淡的笑意，迎上杜卿质疑的目光："有什么想问的，就赶紧问吧——他快醒了，我也没有多少时间了。"

"陶小姐，你说自己陪了茅真十几年，我算了算时间……为什么他儿时的记忆中不见你的身影呢？"

"我一直都在啊。"陶灼微微一笑,"我就是那把桃木剑。"

原来是桃木木灵。怪不得,茅真胡乱塞给她一个精怪的身份时,她接受得那么坦然。杜卿露出一个恍然的表情,既然如此,她知道长生林的事倒也说得通了。

"可你不是医生吗?"莫换有些想不明白。

"我是'木灵'和我是'神经科医生'有什么冲突的地方吗?"女人抬手抚摸着茅真额前的发丝,"你们是守林人,不是还开着家具店吗?我甚至怀疑过,那些被你们当做报酬讨去的长生树,会不会被做成家具……卖掉了?"

杜卿笑着摇摇头。

陶灼说,她本打算以人的身份在现代社会中生活下去,没想到出了些意外,差点儿连命都没了,这才重新变成了木剑的样子打算休养生息。当年她暂居的地方,就是茅真师父所在的道观。

"茅真总说,妖怪多么可怕,多么邪恶,可是他根本不知道,有时候,我们可比人类弱小多了。至少,我们比人类更怕寂寞。"她坦言,"我在道观静养的时候,只有茅真每天来看我,对我念咒,说奇怪的话,那个时候我就发现,他的精神世界是混乱的。在目睹老道士的死亡、被迫下山之后,他的这种混乱,更加严重了。"

"出于医者的仁慈,你就重新变成了人类的样子,一直陪伴着他?"

"那不仅仅是医者的仁慈,至于到底是什么,我也不能肯定。反正,我有想过,如果可以的话,我愿意一直陪着他——无论用什么身份。"陶灼勾起红唇笑了一下,那笑容里既有成熟女人的妩媚,也有少女的天真。

杜卿点点头表示理解，做了一个"请继续"的动作。

但是，陶灼却没了继续说下去的兴致："等他醒过来的时候，就能明白一切了吧？以后的路，就要他一个人走下去了，我太累了，我要好好休息了……"

女人坐在杂草中，紧紧抱着怀里的"疯子"，长生树的影子投影在她身上。

那些光和影，将她的脸分割成两种颜色。

木头若能好好保存，木灵便能长久存在。可再坚固的木头，也抵不住岁月的沧桑，终有结束生命的那一刻。茅真并不知道，在道观中，那把桃木剑就已经有了裂痕，这些年来陶灼护着他在各地辗转，裂痕越来越大，身体早就撑不住了，因此她才想着在生命终结前将他带来盘古街。

"杜老板，我说得没错吧？这笔买卖不亏，你们很快就有新的养料了。"

"已经要走了吗？"

"还是在他醒来之前走掉吧。"她点点头，"不然，我不知道怎么介绍我自己。"

"也是啊……那么，一路顺风。"

杜卿和莫换，双双垂下目光。

陶灼身后的长生树摇曳了一下，那些光影随之变动，女人的身体慢慢融入光亮之中，大概是感知到了什么，茅真从睡梦中苏醒。那可真是一个很长很长的梦，但这一回，他是彻底清醒了，只可惜，刚一睁眼，就要面对分别。

"陶灼！陶灼！你去哪里？"

他大声呼唤着女人的名字，却不能阻止她的离去。

那饱含情愫的声音像是落入大海的水滴,像是飘在地面的枯叶,像是随风而逝的羽毛……却再也得不到任何回应。

木灵光华散尽,只有一柄折断的桃木剑,掉落在男人身边。

这一回,你怎么不陪着我了呢?

年关将近,盘古街上有不少铺子急着转租。

茅真决定留下。

他用账户里的钱盘了间巷子里的小铺,他说不清这钱的来路,但账户上确确实实是他的名字,密码也能脱口而出。杜卿对此有些不能理解,但茅天师却说,密码是他和陶灼相遇的日子,他一直记得很清楚。

有两位前辈的帮忙,小铺终于赶在年前收拾好了。

虽然茅真没有阴阳眼,也不会驱鬼捉妖,但帮人画画符、算算卦、踏踏实实做点生意倒也能混上一口饭吃。杜卿并不担心那个男人往后的生活,但小铺墙上挂着的那柄断掉的桃木剑,总让人无端有些感伤。

临走时,茅真问杜卿,是不是这些年来他捉到的所有妖怪、除掉的"恶"都只是自己臆想出来的?

"嗯,都是你想象出来的。"

"那陶灼……陶灼也是我想象出来的吗?"

心间虽是犹豫了一瞬,但杜卿还是无比笃定地回答了那个问题:"是啊,陶灼也只是你想象出来的。"

逝者带着遗憾而去,生者,就莫让他再留遗憾了罢。

惑城气候温和,即便是在冬日,也很少能见积雪。

但也不知怎么,今年的雪,积得特别厚,白皑皑的一层,将仿古建筑的乌青瓦檐都染作雪白。盘古街上的本地生意人大多都住在商铺里,春节长假虽是少了许多游客,他们却得了久违的清闲,家家户户开始布置起店铺来。

盘古街444号也不例外。

守岁那晚,接到年夜饭邀请的殷家姐弟早早就来串门了,再晚点,他们的酒吧也会来迎来许多等着跨年的客人——毕竟,现世里能纵容它们的地方并不多,这种重要的日子里,和同类一起庆贺也是个不错的选择。

包好的饺子已经下了锅,小火慢腾腾地煮着,桌子上散着薄薄一层面粉,依稀还能看见猫爪子踩出来的几朵"梅花"。殷黎点了烟,让小小的餐厅更加烟雾缭绕,杜卿起身开了小半扇窗,被冷冽的寒风吹得红了眼角。

"我听老猫说,你们打算休息一阵子,去其他地方散散心?"

"是啊,这两年渡的人够多了,养料也攒了不少,偶尔也想休个年假,去了解一下'这边'的世界。不过放心,我们不会离开太久,毕竟,我心疼房租和水电费。"杜卿毫不掩饰自己的吝啬,"到时候,得麻烦你和绯姐了。"

"这有什么麻烦的?幻术本来就是狐狸的看家本领,保准给你们安排妥当。"

"多谢。"

"记得给我带伴手礼。"

"如果不贵的话……"

趁着杜卿拖着殷黎去门口放烟火的时候,殷绯已经自顾自坐上桌,开始在咕噜咕噜的辣油锅子里涮牛肉了。大过年的吃火锅,也不知是谁提起的,不过,好像也不太坏,如果饭桌上的另一个人,话再多点就更好了。

"说实话,我挺佩服杜老板的。"

殷绯透过二楼窗户,低头看着楼下里里外外忙活的男人,对身边闷声不响准备蘸料的家伙说:"明明生前经历过那么多令人唏嘘的事,亏他还能保持住这性子,看他这么努力地活着,我实在是有点感动。"

兴许是提及了自己感兴趣的话题,莫换这才接了话:"有的人坟墓上开着花,有的人坟墓上插着剑,他是开花的那一个。"

"所以?"

"所以,我会保护好那朵花的。"

听闻这话,殷绯扬起手里的酒杯:"小猫儿,新年快乐。"

他随手举起调好的姜醋:"新年快乐。"

每至午夜,444号家具店又将是另一番景象。

吃过年夜饭的杜卿像是落跑的灰姑娘一般,分秒必争,忙着将里里外外重新布置,眼见着还有十几分钟就要到十二点,他忽然想起来,店门口的桃符还没换上,于是拉着莫换就往外冲。

毕竟,店里伙计的身高优势还是要利用起来的。

原本他也没想到"桃符"这一茬,以往过年,顶多是买些红纸写对子,多下来的就给周围的邻里送一送,毕竟,他的毛笔字练了几千年,拿出去还是挺有卖相的。可今年也不知怎么,兴许是和年前来的那位客人有关,他便想用千年以前的桃符来替代对联了。

反正,店里最不缺的就是木头。

将桃符挂完后,杜卿看着自己的杰作,觉得甚是得意,得意到不得不字正腔圆当着莫换的面再念一遍:"上联:百世岁月念旧梦;下联:千古江山贺今朝。"

他顿了一下,又开口:"横批:喵喵喵喵。"

莫换没好气地瞪他一眼:"有病。"

"都说白猫招财,黑猫镇宅——来年也拜托你镇店了。"

"只是来年?"

"怎么?"

"年年。"莫换的目光认真且笃定,"年年都由我镇店。"

"唔,这么说,我是不是应该再养只白猫招财?"

"你可以试试?"

咚,咚,咚——盘古街上贺年的钟声已经敲响,足足一百零八声,从街头传至街尾,惹来人们一阵又一阵的欢呼。

两人驻足听了一会儿,便回到了时空错乱之际,本该守着的地方。

树啊,至此又多了一圈年轮。

尾声

初八一过，盘古街上的游客便多了起来。

挤挤攘攘的人们将目之所及的一处一处空敞，填充塞满。

空地上原本两棵交缠在一起的参天古树，正舒展着身姿，等候春天的来临。听导游介绍说，这棵双生木，已然有数千年历史，是名副其实的古董级木头……

盘古街的旅游机构为了弄出点新花头，特意在古树树干上挂了张二维码，只要用手机扫描就会弹出一个页面，输入想实现的愿望或者自己的困惑，就能显示出答案。明知道是骗人的把戏，却总有人乐此不疲。

"春节假期结束，我又开始直播了，大家有没有想我啊？这几天啊，盘古街上的店都开业了，游客又多了呢！听说年前来了个天师，挺厉害的，我今天就准备去探店，顺便请他帮我算个姻缘，顺便求几张'只吃不胖'符……啊，你们问那两棵歪歪扭扭的树啊？在的，还在的……喏，正好就在我身边，给你们看一眼啊！

好多人在扫码拍照呢，新年嘛，大家都想讨个好彩头，也有新的愿望……"

知名美食主播举着手机在人群中穿梭而过，镜头扫过不少面孔。

"母亲身体健康！今年公司业绩翻一番！Keep fighting！"

"希望，新课题可以顺利开展吧……"

"减肥成功！早点找到女朋友！走上人生巅峰！"身材肥硕的男人说完这些，忽然想起什么，呆呆地看着那两棵树，自言自语般嘀咕起来，"诶，我怎么记得，盘古街444号是个家具店来着？老板挺年轻的，还养了一只猫？我好像还进去买过……不对，我去买过什么东西来着？我……我进去过吗？"

他随手扯住一个刚从对街酒吧里走出来的男人，看样子，是盘古街上的商户。

"不好意思啊，请问，这里之前是不是开过家具店啊？门牌是444号！"

"你不是那个……"

"你认得我？"

"认错人了，那什么，胖子都长得差不多。"有着细长眼睛的男人随手点了支烟，烟雾混着嘴里呼出热气，不耐烦地答话，"哪有什么家具店啊！就两棵长的七扭八歪的破树。盘古街是老街了，讲究吉利，就从没有建过444号。"

"诶？是这样啊！那……"

他的话没说完，就被新一波涌来的游客挤到了旁边。

抽烟的男人在树下吹了会儿冷风，迈开步子，离开了那里。

稍显僻静的小巷里，身穿黑色大衣的男人倚靠在墙壁上，眼睛一眨不眨地看着不远处。

那是一双很好看的眼睛,透着点淡淡的金色,在初春的阳光下,清亮如琉璃。

不多时,另一个穿着宽松毛衣的男人不紧不慢地走过来,将手里还冒着热气的一堆食物塞到他手上,虽是催促的语气,声线却有一丝慵懒:"喏,章鱼烧、夹心鱼丸还有炭烤秋刀鱼……三家店都在打折,我就全都买来了,快趁热吃!喂,你在看什么啊?从刚才起就一直在走神。"

"树。"他抬手指了指,"那里,有两棵树。"

"有什么好看的,快赶不上火车了。"穿毛衣的男人笑了笑,"晕车药吃了吗?"

"吃了。"

"晕车贴带了吗?"

"带了。"

"唔,那走吧。"

"嗯。"

踏着老街的青石板,两人并肩而去。

恍惚间,像是要走入另一段时光里……